KB075817

해신 장보고

**3**

열림원

**해신 3**

1판 1쇄 인쇄 2003년 1월 13일
1판 1쇄 발행 2003년 1월 20일

지은이 | 최인호
펴낸이 | 정중모
펴낸곳 | 도서출판 열림원
주간 | 이영희
책임편집 | 김주성
디자인 | 강희철 · 남철우
제작 | 하광석
등록 | 1980년 5월 19일(제1-124호)
주소 | 서울시 마포구 서교동 368-12
전화 | 337-0700
팩시밀리 | 337-0401
인터넷 | http://www.yolimwon.com
E-mail | editor@yolimwon.com

* 책값은 뒤표지에 있습니다.

ISBN 89-7063-344-8  03810
ISBN 89-7063-341-3  (세트)

혜성의 꼬리가 동쪽을 가리키고 있다는 것은
동쪽을 제거하려는 우리들을 하늘이 도와주신다는 상서로운 뜻이오.

해
신

**3**

해신 장보고 海神 張保皐

# 승전고 勝戰鼓

1

한 달 뒤인 민애왕 원년 3월. 서력으로 838년.

마침내 5천 명의 대군이 출병을 떠났다.

'옛것을 제거하고 새것을 펴며, 원수를 갚고, 수치를 씻을(此除舊
布新 報冤雪恥) 군사' 라 하여 군사 이름을 동쪽을 평정할 군대, 즉
평동군(平東軍)이라 하였다.

물론 김우징이 그 군사의 총사령관인 대장군에 올랐으나 실제로
군사를 이끄는 장군은 김양이었다. 김양은 스스로 평동군을 이끄는
장군이라 하여서 자신을 '평동장군' 이라고 부르도록 하였다

평동군의 수장은 장보고가 임명한 정년이었다. 수장 밑에 다섯 명의 효장이 있었는데 이는 장변(張弁), 낙금(駱金), 장건영, 이순행 등이었고 김양의 심복부하로는 염장이 있었다.

그런 의미에서 비록 장보고가 자신이 가지고 있던 1만 명의 군사 중 반수인 5천 명의 군병을 빌려주었다고는 하지만 그중에는 김양의 군사들도 포함되어 있었으므로 일종의 연합군이었던 것이다.

그리하여 원수를 갚고 수치를 씻을 평동군은 우선 무주를 향해 진격하였다.

김양이 첫 번째 공격 대상지로 무주를 선택한 것은 두 가지 이유 때문이었다.

신라의 조정을 정벌하기 위해서는 대구를 거쳐 서라벌을 진격해 들어가는 것이 지름길이었으나 처음부터 관군과 정면으로 맞붙는 것은 위험이 따르는 일이었기 때문이었다.

《삼국사기》에 기록되어 있듯이 김양이 이끄는 평동군이 '군객(軍客)이 매우 성할 정도'로 강병이긴 하였지만 신라의 관군 역시 막강한 전력을 갖고 있었기 때문이었다.

비록 신라의 조정이 쇠퇴기에 이르렀으나 김대문이 지은 《화랑세기(花郎世紀)》에서 화랑도를 "현명한 재상과 충성된 신하가 여기서 솟아나오고 훌륭한 장수와 용감한 병사가 이로 말미암아 생겨났다"고 평한 것처럼 신라의 중앙군은 아직도 화랑들이 이끄는 막강한 전력을 갖고 있어 정면으로 이들 관군과 맞붙을 때에는 자칫하면

참패할 수도 있기 때문이었다.

신라의 중앙군은 9개의 당(幢)으로 편성되어 있었는데, 이들은 전투에 경험이 많은 정예군들이었던 것이다.

따라서 김양은 우선 가까운 무주를 점령함으로써 평동군에게도 전투능력을 키워주는 한편 신라의 조정을 압박하는 이중적인 효과를 노릴 수 있다고 생각했던 것이다.

성동격서(聲東擊西).

'동쪽을 칠 듯이 말하고 실제로는 서쪽을 친다' 는 뜻으로 군사를 일으켜 신라의 심장부인 서라벌로 쳐들어갈 것 같은 위협을 가하면서 실제로는 정반대인 무주를 공격하여 점령할 수만 있다면 우선 심리적으로 신라의 조정을 고립시킬 수 있다는 효과를 누릴 수 있다고 생각했던 것이었다.

더구나 무주는 김양이 수년 간 도독으로 있었던 곳. 만약 김양이 무주를 점령할 수만 있다면 일단 거점을 마련하게 됨으로써 장보고와 대등한 입장에서 유리한 협상을 진행시킬 수가 있었기 때문이었다.

이로써 김양이 이끄는 평동군은 무주를 습격하였으나 별다른 전투를 벌이지도 않고 큰 승리를 거두게 되었다.

그 무렵 무주의 성곽은 지방군이었던 정(停)이라는 군사가 주둔하고 있었으나 김양이 이끄는 연합군이 쳐들어온다는 말을 듣자 스스로 성문을 열고 항복을 하였던 것이었다.

무주의 성민들은 마음속으로 정무의 명성이 높았던 김양을 존경하고 있었으며 특히 무주에 살고 있던 김양순은 김양의 심복부하로 자신이 거느리고 있던 사병들을 시켜 성문을 열도록 명령하였던 것이었다.

이로써 김양이 이끄는 평동군은 피 한 방울 흘리지 않고 무혈입성하였다. 이때의 기록이《삼국사기》에 다음과 같이 나와 있다.

강병 5천 인으로서 무주를 습격하여 성하(城下)에 이르니 고을사람들이 모두 나와 항복하였다.

단숨에 무주를 정복한 김양은 내친김에 남원(南原)을 공격하였다.

남원은 원래 백제 때의 고룡군(高龍郡)으로 당나라의 고종이 소정방(蘇定方)을 파견하여 백제를 멸하였을 때 유인궤(劉仁軌)가 자서로 머물고 있었던 곳이었으나 그해 문무대왕이 이를 합병하였고 신문왕(神文王) 때에 소경(小京)이 되었던 요충지대였다.

남원을 정복하지 않고는 무주와 청해진은 연결될 수 없었으며, 또한 견고한 방어선을 구축할 수 없었기 때문이었다.

그 무렵 남원에는 김윤장(金允長)이라는 태수가 부임하고 있었는데, 그는 김양의 사촌이었던 김흔의 후임이었다. 성격이 강직하였던 김윤장은 비록 군사가 열세였으나 죽기를 각오하고 김양의 군사와 맞서 싸웠다.

남원의 성읍은 석축으로 쌓았는데, 불과 5백여 명의 지방군이 파수하고 있었다. 김윤장은 급히 사자를 보내어 원군을 보내주도록 요청하는 한편 성문을 굳게 걸어 잠그고 싸웠으나 김양의 군사와는 상대가 되지 않았다. 김윤장의 군사는 정년이 이끄는 군사 앞에 맥없이 무너졌다.

정년이 이끄는 군사는 기병(騎兵)으로 출병하였다 하면 거칠 것이 없었다. 정년은 항상 선두에 섰으며, 두목의 표현대로 '말을 타고 창을 쓰는 데 감히 대적할 자가 없는' 천하무적이었다. 정년이 앞장서면 대나무가 쪼개지듯 적군이 쓰러지고 길이 뚫렸다. 이를 본 김양이 감탄하여 말하였다.

"참으로 그대야말로 두예(杜預)요. 그대야말로 파죽지세인 것이오."

파죽지세(破竹之勢).

진나라의 무제 때 대장군이었던 두예는 오나라를 정벌하고 삼국시대의 종지부를 찍은 명장인데, 그는 "지금 당장은 오나라를 치기 어렵습니다. 잦은 봄비와 언제 전염병이 발생할지 모르기 때문에 일단 철군하였다가 다시 공격하는 것이 어떻겠습니까" 하고 여러 장수들이 말하자 "그건 안 될 말이오. 지금 아군의 사기는 대나무를 쪼개는 기세요. 어찌 이런 절호의 기회를 버린단 말이오" 하고 곧바로 전군을 휘몰아 단숨에 오나라를 공격하여 천하를 통일하였던 영웅이었던 것이다.

'대나무를 쪼개듯 적을 격파한다'는 파죽지세란 말은 바로 두예의 맹렬한 공격에서 비롯된 말. 정년이야말로 전설적인 영웅, 두예를 능가하는 무예를 갖고 있었던 것이었다.

마침내 남원성은 이틀 만에 정복되고 태수 김윤장은 지리산 속으로 숨어들어 갔다가 군사들에게 잡혀왔는데, 김양은 포박되어 끌려오는 김윤장을 보자 자리에서 일어나 직접 몸에 묶인 밧줄을 풀어주면서 말하였다.

"우리가 적이 되어 싸운 것은 모두 괴수 때문이지, 우리들의 사사로운 원한 때문이 아니다. 그러므로 내가 그대에게 무슨 원한이 있겠는가."

김양이 풀어주려 하였으나 김윤장은 김양의 얼굴에 침을 뱉으며 말하였다.

"내 일찍이 네놈의 피 속에 반적 김헌창의 피가 흐르고 있어 반골이라는 사실은 알고 있었다만 그대가 어찌 감히 나를 문책할 수가 있단 말인가."

이를 본 정년이 김양의 얼굴에 묻은 가래침을 닦아주려 하였다. 그러나 김양은 이를 물리치고 말하였다.

"내버려두어라. 얼굴에 묻은 침을 닦으면 그대의 뜻을 내가 거스르는 것. 그대가 진정 원하는 것이 무엇이냐."

김양이 묻자 김윤장이 대답하였다.

"적의 칼에 피를 묻혀 죽고 싶지 않으니, 내 스스로의 손으로 자진하여 죽을 수 있도록 이를 허락하시오."

여러 장수들이 칼로 베어 죽이려 하였으나 김양은 그의 소원을 들어주었다. 그러자 김윤장은 자신이 가지고 있던 칼로 스스로 가슴을 찔러 죽었는데, 그의 숨이 끊어지자 김양은 성대하게 예를 올려 장례를 치러주도록 하는 한편 김윤장이 뱉은 가래침이 얼굴에서 저절로 마를 때까지 이를 닦지 않고 있었다.

"어찌하여 침을 닦지 않으셨습니까."

정년이 묻자 김양은 대답하였다.

"남이 뱉은 침은 닦는 법이 아니오. 마를 때까지 기다리는 법이오."

남이 나의 얼굴에 뱉은 침은 닦는 법이 아니라 저절로 마를 때까지 기다리는 법이란 김양의 말에 정년이 놀라 물어 말하였다.

"침을 닦으면 어떻게 됩니까."

그러자 김양이 웃으면서 대답하였다.

"침을 닦으면 침을 뱉은 사람의 뜻을 거스르는 것이오."

"하지만 그자가 대장군 나으리의 얼굴에 침을 뱉어 모욕하지 않았나이까. 그랬으니 마땅히 그의 뜻을 거슬러야 하지 않겠습니까."

"거스른다는 것은 곧 그의 뜻을 받아들인다는 것일세."

"어찌하여 그렇습니까. 거스른다는 것은 역(逆)이며, 받아들인다는 것은 순(順)인데, 어찌하여 역과 순이 같을 수 있겠습니까."

그러자 김양이 웃으며 말하였다.

"물론 그는 내 얼굴에 침을 뱉어 모욕을 하였소이다. 그것이 그의 뜻이외다. 그러므로 그것을 닦으면 내가 그의 모욕을 받아들인 것이 되며, 침이 마를 때까지 참고 기다리면 그의 모욕을 내가 받아들이지 않았으므로 그는 자연 허공에 대고 침을 뱉은 것에 지나지 않소이다."

"그렇게 되면 그 모욕은 누구의 것이 되나이까."

"내가 받아들이지 않았으므로."

김양은 껄껄 소리 내어 웃으며 말하였다.

"모욕은 자연 그가 자신의 얼굴에 뱉은 것이 될 것이나이다."

타면자건(唾面自乾).

'얼굴에 묻은 남이 뱉은 침은 스스로 마를 때까지 기다린다는 뜻으로 모든 처세에는 굴욕을 참고 견디는 인내가 필요하다' 는 말이었던 것이다. 정년은 김양의 이러한 행동을 통해 그가 무서운 야심을 가진 범상치 않은 인물임을 간파하였다.

어쨌든 이로써 김양이 이끄는 평동군은 출정한 지 한 달도 안 돼 무주와 남원에 이르는 전라도 일대를 장악하였다.

그러나 이러한 눈부신 전과에도 불구하고 김양은 청해진으로의 철군을 명령하였다. 이에 정년을 비롯하여 여러 군장들은 이해가 가지 않는 표정으로 물어 말하였다.

"어찌하여 철군하여 돌아가라 하시나이까. 대장군께서 말씀하셨던 대로 지금 아군의 사기는 대나무를 쪼개듯 파죽지세의 기세가 아니나이까."

정년은 자신을 '파죽지세'의 명장 두예로 비유했던 김양의 말을 빌려 항의하여 말하였다.

"두예는 이렇게 말하였나이다. 대나무란 처음 두세 마디만 쪼개면 그 다음부터는 칼날이 닿기만 해도 저절로 쪼개지는 법이라고 말하였나이다."

김양의 말은 사실이었다.

대나무는 처음 두세 마디를 쪼개는 것이 어렵지 그 다음부터는 칼날만 닿으면 쪼개진다고 하여서 '영도이해(迎刀而解)'라 하지 않았던가.

"이제 무주와 남원을 점령함으로써 처음 두세 마디의 대나무를 쪼갰나이다. 그러므로 이제 더 무엇을 망설이겠나이까. 이대로 서라벌까지 쳐들어간다면 저절로 대나무처럼 쪼개지지 않겠나이까. 어찌하여 대장군 나으리께오서는 이 절호의 기회를 버리려 하시나이까."

그러나 김양은 단호하였다. 그는 분명하게 대답하였다.

"지금 군사들은 오랜 전투로 피로하고 병마들은 지쳐 있소이다. 이젠 돌아가 휴식을 취할 때인 것이오."

이때의 기록이 《삼국사기》에 다음과 같이 나와 있다.

…… 다시 내치어 남원에 이르러 신라군과 싸워 이겼으나 군사들이 오래 피로하였으므로 다시 청해진으로 돌아가 병마를 휴양시켰다.


이로써 평동군은 큰 전과를 올리고 청해진으로 일단 철수하였다. 물론 그 철군의 이유가 군사들이 오랜 전투로 피로가 쌓여 있고, 말들이 지쳐 있기 때문이라고 《삼국사기》에 기록되어 있으나 이것은 겉으로 내건 명분에 지나지 않고 진짜 숨은 이유는 다른 곳에 있었던 것이었다.

그것은 오래전부터 생각하고 있었던 김양의 간교한 계략, 즉 십보의 전진을 위한 일 보의 작전상 후퇴 때문이었던 것이다.

김양이 일단 절군하여 정해진으로 돌아온 것은 피로에 지친 군사들과 지쳐 있는 말들에게 휴식을 취하게 하는 것이기도 했지만 그보다 더 중요한 이유는 장보고의 결의를 확실히 다지기 위함이었던 것이다.

비록 장보고는 군사의 반을 풀어 5천 명의 병사를 빌려주었지만 처음부터 권력에 대한 야심은 없었던 중립적인 태도를 취하고 있었으며, 김양으로서는 그의 중립적인 태도가 불안했던 것이었다.

군사를 몰아 서라벌로 진격해들어가 왕위에 오른 김명의 군사들과 생사를 건 건곤일척의 전투를 벌이기 위해서는 무엇보다 장보고의 확실한 의지가 필요했던 것이다.

지금 이 순간 김명의 군사를 꺾고 원수를 갚는 길은 오직 장보고 군사의 힘을 빌리는 방법뿐인 것이다.

김양은 그것을 잘 알고 있었다.

그러기 위해서는 무엇보다 장보고의 마음을 움직여야 한다. 김양은 오래전부터 장보고의 마음을 움직일 수 있는 비책 하나를 준비해두고 있었던 것이다.

청해진으로 돌아온 다음 날 김양은 김우징을 찾아가 만났다.

"그대의 승전을 축하하오."

총사령관이었으나 직접 출정하지 않았던 김우징은 빛나는 전과를 거두고 돌아온 김양을 웃으며 맞이하였다.

"그런데 많은 군장들은 어찌하여 그 기호지세를 몰아 계속 공격하여 나갈 것이지 철군하여 돌아오는가. 그것을 매우 못마땅하게 생각하고 있소이다."

기호지세(騎虎之勢).

문자 그대로 '호랑이를 타고 달리는 기세'라는 뜻. 즉 호랑이를 탄 이상 호랑이가 멈추기 전에는 중도에서 내릴 수 없는 형세라는 말로 만일 내린다면 호랑이에게 잡혀먹힐 수밖에 없으며 따라서 내친김에 끝까지 가야 한다는 뜻이었던 것이었다.

"하오나 나으리. 호랑이를 타고 달리는 것보다 더 중요한 일이 있어 돌아왔나이다."

"그것이 무엇인가."

"용의 눈에 점안을 하는 것입니다."

김양의 뜻 모를 말에 김우징이 고개를 갸우뚱한 후 물어 말하였다.

"용이라니. 도대체 누가 용이란 말이오. 나는 그대가 도대체 무슨 말을 하는지 알 수가 없구려."

그러자 김양이 웃으며 말하였다.

"나으리, 나으리께오서는 선대에 있었던 일들을 벌써 잊으셨습니까. 신이 한밤중에 상대등 나으리를 찾아뵙고 신을 무주의 도독으로 전임시켜달라고 청원하지 않았나이까."

김우징은 물론 김양의 말을 기억하고 있었다. 그것이 벌써 10년
전의 일이었던 것이었다. 그때 김양은 남의 눈을 피해 한밤중에 찾
아와서 아버지 김균정에게 자신을 무주의 도독으로 전임시켜달라
고 떼를 썼던 것이었다.

"그때 상대등께오서는 신에게 어찌하여 무주로 가려 하는가를 물
으셨고 신은 대답하였나이다. 신이 무주의 도독으로 가고 싶은 것
은 오직 장보고 대사와 친교를 맺기 위해서라고 말이나이다. 원교
근공(遠交近攻). 옛말에 이르기를 먼 나라와는 친교를 맺고 가까운
나라는 공격한다는 뜻으로 가까운 나라인 신라의 조정을 공격하기
위해서는 먼 나라인 청해진의 장보고 대사와 친교를 맺기 위해서라
고 말씀드렸었나이다. 이제 모든 일이 제가 말씀드린 그대로 되고
있지 않나이까."

김양의 말은 사실이었다.

10년 전에 벌써 김양은 언젠가는 이런 일이 있을 것이며, 그땐 반
드시 장보고 대사가 필요할 것임을 꿰뚫어 보고 있었던 것이었다.

김양은 낮은 목소리로 말을 이었다.

"10년 전에 예측하였던 일들이 지금 그대로 맞아 떨어지고 있나
이다. 나으리께오서 원수를 갚고 천하를 얻으려 하신다면 장보고
대사를 제쳐놓고는 함께 도모할 인물이 하늘 아래 없으니 장대사야
말로 용이 아니라 무엇이겠나이까."

그제서야 김우징은 김양이 말하는 용이 누구를 가리키고 있는지 알게 되었음이었다.

"하온데 나으리."

김양이 의미심장한 얼굴로 바짝 다가와 앉으며 말하였다.

"이 용이 다만 그림 속의 용, 즉 화룡(畵龍)으로만 그려져 있을 뿐이라면 과연 구름을 타고 승천할 수 있겠나이까."

"아니겠지."

김우징은 머리를 흔들었다.

"그러하오면 그림 속의 용이 살아 움직이려면 어떻게 해야 하겠나이까."

"용의 눈에 눈동자를 그려 넣어야 하겠지."

김우징은 대답하였다.

화룡점정(畵龍點睛).

문자 그대로 '그림 속 용의 눈에 눈동자를 그려 넣는다'는 뜻으로 그림을 최종 완성한다는 말인 것이다. 이 말의 유래는 남북조시대 때 양나라의 유명한 장승요라는 화가로부터 비롯된 말인데, 어느 날 장승요는 남경에 있는 안락사(安樂寺)의 주지로부터 벽면에 용을 그려달라는 부탁을 받고 구름을 헤치고 날아오르는 듯한 두 마리의 용을 그려냈다. 사람들이 모여들어 그 생동감 넘치는 그림에 감탄하고 있었는데, 한 가지 이상한 점은 용의 눈에 눈동자를 그려 넣지 않은 사실이었다. 사람들이 그 이유를 묻자 장승요는 대답하였다.

"눈동자를 그려 넣으면 용은 날아가버릴 것이오."

그러나 사람들은 그의 말을 믿지 않고 꼭 눈동자를 그려 넣어 달라고 재촉을 하자 장승요는 할 수 없이 눈동자를 그려 넣기로 하였다. 그가 뭇을 늘어 용의 빈 눈에 섬을 찍자 갑자기 벽 속에서 뇌성벽력이 치더니 방금 눈을 그린 용이 튀어나와 비늘을 번쩍이며 구름을 타고 승천했다. 그러나 한 마리의 용이 날아간 자리에는 하얗게 비어 있고, 눈동자를 그려 넣지 않은 용은 그대로 남아 있는 것이 아닌가.

이 일에서부터 유래되어 '화룡점정'이라 하면 용을 그리는 데 눈동자를 마지막으로 그려 넣어 그것을 완성시키듯이 어떤 일에서 가장 중요한 부분을 최후에 마름질하는 것을 의미하는 말이 되었던 것이었다.

"하오면 나으리."

김양이 재차 물어 말하였다.

"장보고 대사의 눈에 어떻게 눈동자를 그려 넣을 것이나이까."

김우징은 묵묵부답이었다. 김양은 이어 말을 하였다.

"장보고 대사의 눈에 눈동자를 그려 넣어 점안을 하지 않는다면 그는 다만 그림 속의 용일 것이나이다. 임금과 애비의 원수를 갚고 천하를 얻으려면 반드시 장보고 대사의 눈에 눈동자를 그려 넣어야만 할 것이나이다."

김우징은 여전히 대답이 없었다. 깊은 침묵 끝에 김양이 말을 이었다.

"신에게 방법이 없는 것은 아닙니다."

"그것이 무엇인가."

"그 방법은 오직 나으리의 손끝에 달려 있을 뿐이나이다."

"내 손끝에 달려 있다고."

의아한 눈빛으로 김우징이 물어 말하였다.

"어째서 내 손끝에 달려 있단 말인가."

그러자 김양은 대답하였다.

"왜냐하면 용을 그린 것은 나으리이기 때문이나이다. 그렇나이다. 종이 위에 용을 그린 화가는 바로 나으리이나이다. 따라서 용의 눈에 눈동자를 그린 후 이 용이 살아 움직이는가 아닌가는 전적으로 나으리의 손끝에 달려 있는 것이나이다."

"그럼 그 방법이 무엇인가. 내게 말씀하여 보시게나."

김양은 주위를 돌아보았다. 말을 엿들을 만한 사람이 주위에 전혀 없었음에도 불구하고 김양은 목소리를 낮추며 말하였다.

"나으리 귀를 잠깐 빌려주시겠습니까."

김우징이 이를 허락하자 김양이 바짝 다가앉아 김우징의 귓가에 속삭여 말하기 시작하였다.

김양이 속삭이며 말하는 내용을 끝까지 듣고 나서 김우징은 크게 놀라 말하였다.

"이 사람아, 이제 내 나이 벌써 마흔하고도 다섯이 아닐 것인가. 그런데 이 나이에 또다시 혼인이라니."

"하오나."

김양은 정색을 한 얼굴로 말을 이었다.

"오직 이 방법 하나밖에 없나이다. 용의 눈에 눈동자를 그려 넣는 방법은 오직 이것 하나뿐이나이다."

정략혼(政略婚).

결혼 당사자의 뜻과는 상관없이 주혼자(主婚者)들의 이익을 위해서 억지로 하는 혼인을 '정략결혼'이라 하였는데, 김양이 귀엣말로 했던 방법이 바로 정략혼이었던 것이다.

장보고에겐 두 명의 자식이 있었다. 하나는 아들이었고 하나는 딸이었는데, 아들은 훗날 아버지 장보고가 염장에 의해 암살당하자 일본으로 망명하였다는 것이 《속일본후기》에 나와 있으며, 이 무렵 장보고의 딸은 열서너 살에 불과하였던 어린 소녀였던 것이다.

소녀의 이름은 의영(義英)이라 하였는데, 장보고는 각별하게 의영을 사랑하고 있었다. 김양은 수개월 동안 청해진에 머무르고 있는 동안 장보고의 부인이었던 박씨는 한 번도 본 적이 없었으나 그의 딸 의영은 자주 볼 수 있었던 것이었다.

들려오는 소문에 의하면 장보고의 부인은 해적에 의하여 당나라까지 끌려갔던 신라노예였으나 장보고에 의하여 구출되었으며, 장보고가 그토록 해적에 대해서 증오심을 갖고 있었던 것은 자신이 중국에서 강제로 납치되어온 신라노예들의 참담한 현실을 직접 목도하였을 뿐 아니라 사랑하는 아내가 노예시장에서 매매까지 되었던 노비 출신이었기 때문이라는 소문 역시 파다하게 퍼져나가고 있었던 것이다.

장보고의 딸 의영은 총명하고 빼어난 미모를 갖고 있었는데, 어느 날 문득 의영을 본 순간 김양은 전광석화처럼 자신에게 내려진 낭혜화상의 점지를 떠올렸던 것이었다.

"너는 반드시 세 명의 계집을 통해 세를 이룰 것이다."

세 명의 계집이라면 바로 간(姦)을 의미하며, 세를 이룰 수 있다면 난세의 간웅이 될 수 있다는 참언으로 이미 아내 사보를 자살하게 하여 장애물을 없앰으로써 첫 번째 계집을 사용해버린 것이라면 이제는 두 번째의 계집을 이용할 때가 아닐 것인가.

그렇다.

장보고의 딸 의영이야말로 세상을 얻을 두 번째의 계집인지도 모른다.

장보고의 딸과 김우징을 혼인시킬 수만 있다면 그것이 바로 그림 속 용의 눈에 눈동자를 그려 넣는 점정의 비법이 아닐 것인가. 장보고는 자신의 딸을 김우징에게 앙혼(仰婚)시킴으로써 자신의 지체 낮은 신분을 상승시킬 수 있을 것이며, 또한 김우징은 장보고의 딸을 아내로 맞아들임으로써 김명의 군사를 꺾고 원수를 갚을 수 있는 가장 강력한 후원자를 얻게 되는 것이다. 그것이 바로 김양이 노리고 있었던 일석이조의 계략이었던 것이었다.

"하지만 내겐 이미 아내가 있지 않은가."

김우징이 난처한 목소리로 말하였다.

김우징의 말은 사실이었다. 김우징에게는 이미 정계(貞繼)라는 아내가 있었으며,《삼국사기》에는 이 여인을 정종태후(定宗太后)라고 부르고 있었던 것이었다.

"하오나 나으리, 어차피 정실은 계시지만 측실은 아직 없지 않으시나이까."

정실이라 함은 본부인을 말하는 것이고, 측실이라 함은 둘째 부인을 말하는 것으로 그 무렵의 풍속으로는 원하기만 하면 얼마든지 측실을 둘 수 있었던 것이었다.

"하지만 나는 이제 혼사를 벌이기에는 너무 나이가 들었고, 또한 예부터 신라의 귀족들은 외혼제(外婚制)라 하여서 함부로 낙혼을 하지는 않았소이다."

낙혼(落婚).

지체가 높은 집안이 낮은 집안과 혼인을 하는 것을 낙혼, 혹은 강혼(降婚)이라 하였는데, 신라의 귀족사회에서는 좀처럼 볼 수 없었던 파격적인 결혼이었던 것이었다.

신라의 귀족들은 대부분 씨족 중심의 근친혼을 고수하고 있었다. 가까운 헌덕왕 때에도 사촌누이와 결혼하였고, 흥덕대왕은 자신의 질녀와 혼인하고 있었던 것이었다.

따라서 아무리 장보고 대사의 강력한 배후세력이 필요하다 하여도 신라왕실의 전통을 무시하고 귀족이 아닌 천민의 계층과 혼인을 할 수는 없었던 것이었다.

"나으리."

여전히 망설이는 기색을 보이자 김양이 강하게 덧붙여 말하였다.

"옛 오왕 부차는 원수를 갚기 위해서 섶 위에서 잠을 자고, 곰의 쓸개를 핥음으로써 와신상담(臥薪嘗膽)하였습니다. 또한 자기 방을 드나드는 신하들에게 방문 앞에서 원수를 갚아달라는 애비의 유명을 외치게 하였습니다. 하온데 나으리께오서는 애비의 원수를 갚기 위해서 섶 위에서 잠을 주무셨습니까? 또한 애비의 원수를 갚기 위해서 곰의 쓸개를 핥으셨습니까? 원수를 갚아달라는 상대등 나으리의 유명을 외치도록 하셨습니까? 원수를 갚기 위해서는 오직 이 방법 하나뿐이옵는데 도대체 무엇을 망설이고 계시나이까."

김양의 간곡한 말에 김우징의 마음이 움직였다. 마침내 자신과 장보고의 딸 의영과의 결혼을 허락한 것이었다.

"그러하면 나으리."

김양이 말을 하였다.

"용봉예서를 한 장 써주시옵소서."

용봉예서(龍鳳禮書).

예부터 용봉예서라 함은 혼서(婚書)를 가리키는 말로 혼인 때에 신랑 집에서 신부 집으로 납채(納采)할 때 보내는 서간이었던 것이었다. 청혼을 허락해달라는 서장으로 홍색의 바탕에 금빛 용봉의 무늬가 있는 접지에 써서 보냈으므로 흔히 용봉예서라 불렸던 것이었다. 따라서 이 서장을 받은 집에서 이 예서를 물리치지 않으면 청혼을 받아들인다는 일종의 결혼 계약서였던 것이다.

김우징으로부터 용봉예서를 받아든 김양은 기쁨에 가득 차서 다음과 같이 말하였다고 전해오고 있다.

"이로써 용인 장보고 대사와 봉황인 나으리께오서 혈연지간을 맺으셨나이다. 이로써 용은 승천하게 되었으며, 봉황 역시 하늘을 날 수 있게 되었나이다."

그러나 과연 그러하였음일까.

과연 김양의 표현대로 장보고와 김우징 가문간에 정략결혼을 함으로써 용은 승천하게 되었으며, 봉황은 하늘을 날게 되었음일까.

그러나 결국 이 혼인은 장보고에게 치명적인 비극을 제공하는 원인이 되는 셈이니 —. 그것은 먼 훗날의 일이고, 어쨌든 김양으로부터 청혼의 용봉예서를 받은 장보고는 의아한 얼굴로 물어 말하였다.

"이것이 무엇이나이까."

그러자 김양은 웃으며 말하였다.

"한번 펼쳐보시옵소서."

장보고는 빨간 끈으로 매어놓은 접지를 펼쳐보았다. 빨간 끈은 적승이라 하여서 흔히 남녀의 혼인을 주관하는 전설 속의 월하노인이 갖고 다니던 인연의 끈을 의미하고 있었던 것이다.

"아니 이것은 용봉예서가 아닐 것인가."

장보고가 크게 놀라며 말하였다.

"그렇습니다. 대사 나으리. 아찬께오서는 대사 나으리의 따님과 아찬 나으리의 혼인을 간절히 원하시고 계시나이다. 바라옵건대 대사 나으리께오서는 이 상서로운 청혼을 부디 물리치지 마시옵소서."

장보고는 김양의 말을 믿을 수가 없었다. 당시의 신라 계급사회에서는 감히 상상도 할 수 없는 일이었기 때문이었다. 신라의 귀족들은 씨족 중심의 외혼제를 고수하고 있었던 것이다.

철저한 신분제인 골품제(骨品制)로 성골과 진골이 아니고는 왕족이 될 수 없었던 왕족 중심의 귀족국가에서 대대로 명문 중의 명문이었던 김우징의 가문이 청혼을 해오는 것은 상상조차 할 수 없었던 파격적인 일이었던 것이다.

"하오나 대장군."

장보고는 김양을 정면으로 바라보며 말하였다.

"나는 바다에서 태어난 해도인으로 매우 미천한 사람이오. 그런데 어찌 감히 진골 출신의 명문가와 혼사를 맺을 수 있겠소이까."

장보고의 말은 사실이었다.

《삼국사기》에는 장보고를 이렇게 표현하고 있다.

문성왕 7년 3월.

왕이 청해진 대사 궁복의 딸을 취하여 차비로 삼으려 함에 여러 군신들이 간하여 말하기를 부부의 도리는 인간의 큰 윤리다. 그러므로 하(夏)나라의 왕 우(禹)는 부인이었던 도산(塗山)으로 인해 일어나고 은(殷)나라의 왕 탕(湯)은 부인이었던 유화(有華)씨로 인하여 창성하였다. 그러나 주(周)나라는 포사로 망하고, 진(晋)은 여희(驪姬)로 문란하였다. 나라의 전망이 여인에 있으니 어찌 삼갈 일이 아닌가. 지금 궁복은 해도인으로 어찌 그 딸로 왕실에 배우를 삼을까보냐고 극간하니, 왕이 그 말에 청종하였다.

장보고를 해도인, 즉 섬사람이라고 멸시하였던 신라의 귀족들은 다만 이에 그치지 아니한다. 《삼국유사》에서는 장보고를 가리켜 다음과 같이 기록하고 있는 것이다.

여러 신하가 극간하여 가로되 궁파는 매우 측미한 사람이니, 그의 딸로 왕비를 삼는 것은 불가하다고 말하였다.

《두사서》에 기록된 대로 해도인 출신으로 매우 측미한 계급의 천민이었던 장보고로서는 감히 김우징의 청혼을 액면 그대로 받아들일 수가 없었던 것이었다. 그러나 김양이 나서서 말하였다.

"아찬께오서는 대사 나으리의 병력에 의지하여 임금과 애비의 원수를 갚으려 하시나이다. 대사 나으리가 아니시오면 어찌 감히 임금과 애비의 원수를 갚을 수 있을 것이겠나이까.

지금 대사께오서 미천한 신분으로서 어찌 귀족과 혼사를 맺을 수

있을까 하고 탄식하셨으나 옛말에 이르기를 '가녀수승오가(嫁女須
勝吾家)'라 하였나이다. 즉 딸을 출가시킴에는 재산과 명망이 자기
보다 월등한 집을 선택하여야만 부도(婦道)를 다할 수 있다는 뜻이
나이다. 부디 대사 나으리께오서는 아찬께오서 보내신 붉은 끈을
받아들이시옵소서."

그러고 나서 김양은 말을 덧붙였다.

"일찍이 당나라의 위고(韋固)가 달빛 아래에서 이인을 만나 그가
가지고 있는 주머니 속의 붉은 끈을 물으니 이것으로 남녀의 발목을
묶으면 비록 원수의 집안 사이라도 혼인이 이루어진다 하여서 적승
계족이라 하였나이다. 하물며 원수의 집안이라도 그러할진대 대사
나으리와 아찬 나으리의 집안에 무슨 문제가 있을 것이겠나이까."

장보고는 김양의 말을 받아들였다. 김우징이 보낸 용봉예서를 받
아들임으로써 청혼을 허락한 것이었다. 이로써 김우징과 장보고의
딸 의영과는 혼사가 성립된 것이었다.

혼인 날짜는 물론 김명을 죽이고, 임금과 애비의 원수를 갚은 이
후라고 못 박음으로써 김양 또한 소기의 목적을 달성한 셈이었다.

"이로써."

어렵게 장보고의 마음을 움직이고 나서 김양은 쾌재를 부르며 말
하였다.

"모든 준비는 완료되었다. 이제 김명의 목숨을 빼앗는 것은 한식
경에 불과하다."

한편 남편으로부터 청혼을 받아들였다는 소식을 들은 장보고의 부인 박씨는 크게 한숨을 쉬면서 말하였다.

"어찌하여 한마디의 상의도 없이 혼서를 받아들이셨나이까."

"나는 내 딸 의영이가 앙혼으로 지체 높은 귀족의 가문으로 시집 가는 것을 보고 싶소이다. 또한 이제 군사들이 신라의 조정으로 쳐 들어가 환란을 평정하게 된다면 아찬 나으리는 인군의 자리에 오를 것이 아닐 것이오. 그렇게 되면 내 딸 의영은 왕비가 될 것이외다."

그러자 장보고의 부인 박씨가 이렇게 말을 하였다.

"내가 살던 고향에서는 다음과 같은 이야기가 전해오고 있습니 다. 한 들쥐가 있었는데 자식을 위하여 높은 혼처자리를 구하려 하 였습니다. 들쥐는 처음에는 하늘이 세상에서 가장 귀하다 생각하여 하늘에게 혼처를 구했습니다. 그러자 하늘이 이렇게 말하였습니다.

'나는 비록 만물을 다 포용하고 있지만 해와 달이 아니라면 내 덕 을 드러낼 수 없단다.'

그 말을 들은 들쥐는 곧 해와 달에게 혼처를 구했습니다. 그러자 해와 달은 또 이렇게 말하였습니다.

'나는 비록 넓게 비추기는 하지만 구름만은 나를 가릴 수 있다. 그러니 구름이 내 위에 있지.'

그래서 이번에는 구름에게 가서 청하였습니다. 그러자 구름은 또 이렇게 대답하였습니다.

'나는 비록 해와 달의 빛을 잃어버리게 할 수는 있지만 바람이 분

다면 흩어지고 만다. 그러니 그가 내 위에 있지.'

이 말을 들은 들쥐는 다시 바람에게 갔습니다. 바람은 대답했습니다.

'나는 구름을 흩어버릴 수 있지만 오직 밭 한 가운데 있는 돌부처는 불어도 끄덕하지 않으니 그가 내 위에 있단다.'

할 수 없이 들쥐는 돌부처에게 청하자 돌부처는 말했습니다.

'나는 바람을 두려워하지 않는다. 그러나! 들쥐가 내 발밑을 뚫으면 나는 쓰러지고 만다. 그러니 그가 내 위에 있다.'

이 말을 들은 들쥐는 어깨를 으쓱이며 말하였습니다.

'세상에 존귀하기는 우리만 한 게 없구먼.'"

조용조용하게 말을 마치고 나서 박씨는 남편 장보고를 쳐다보고 말하였다.

"그러고 나서 들쥐는 마침내 들쥐와 혼인을 하였나이다. 나으리, 이처럼 들쥐에게는 들쥐가 가장 좋은 배필인 것이나이다. 들쥐가 해와 달과 결혼한다 한들 들쥐가 해와 달이 될 것이나이까, 들쥐가 돌부처와 혼인한다 한들 들쥐가 돌부처가 될 것이나이까."

"하오면 의영이가 들쥐라는 소리요."

다소 언짢은 목소리로 장보고가 목소리를 높였다. 그러나 박씨부인는 물러서지 않고 말하였다.

"옛말에 이르기를 야서지혼(野鼠之婚)이라 하였습니다. '들쥐의 혼인'이란 뜻으로 들쥐에게는 들쥐가 가장 좋은 배필이라 소리입니다. 나으리, 저들은 저희 같은 천민들은 감히 쳐다볼 수 없는 귀인들로 우리에게는 어울리지 아니하는 해와 달, 구름과 바람 같은 사람들일 뿐이나이다. 나으리, 지금이라고 늦지 않으니 그 용봉예서를 돌려보내시옵고 양가의 발을 묶은 붉은 끈을 풀어버리시옵소서."

장보고의 아내 박씨의 말은 구구절절이 옳은 말이있다.

그러나 박씨의 말에 장보고는 역정을 내며 말하였다.

"옛말에 이르기를 '왕과 제후, 장군과 대신의 씨가 태어날 때부터 따로 있는가' 하였소이다. 사람의 신분이나 귀천은 씨가 따로 있어 태어날 때부터 있는 것이 아니라 노력하면 누구라도 높게 될 수 있는 것이오."

장보고는 자신 있게 말하였다.

장보고의 말은 일찍이 항우가 순행하는 어마어마한 시황제의 수레를 보며 뱉었던 '왕후장상 영유종호(王侯將相 寧有種乎)'라는 말에서 비롯된 것이었다. 이 말은 장보고의 가슴속에 항상 깃들어 있던 꿈과 포부였다.

신분의 벽을 뛰어넘을 수 없었던 장보고는 꿈을 이루기 위해서 신세계 당나라로 떠났으며, 그리하여 마침내 무공을 세워 군중 소장이 되었다. 이국인으로서는 최고의 계급에까지 진급하였으나 그가 꿈꾸던 최종 목표는 아니었다.

그는 또한 일찍이 볼 수 없었던 청해진 대사가 됨으로써 엄청난 부를 이룩하고 1만 명의 군사까지 거느린 권력자이자 바다를 지배

한 해상왕이 되었으나 그의 혈관 속을 흐르는 피가 바뀐 것은 아니었다.

그러나 만약 김명을 죽이고 김우징이 새로이 왕위에 오른다면 의영은 자연 왕비가 될 수 있을 것이다. 의영이가 왕비가 될 수 있다면 장보고는 자연 임금의 장인이 되어 제후로 봉하여질 것이다.

이로써 김우징과 장보고 양가의 혼약은 성립되었다. 김양의 용의주도한 계략이 보기 좋게 맞아떨어진 것이었다.

그리하여 그해 11월.

마침내 기다리던 때가 온 것이다.

이때 마침 혜성이 서쪽에 나타났는데, 그 꼬리가 동쪽을 가리키고 있었다. 원래 혜성은 태양을 중심으로 긴 꼬리를 끌고 나타나는 살별인데 그 꼬리를 망각(芒角)이라 하였다. 살별의 꼬리가 동쪽을 가리켰다는 사실에 김양은 다음과 같이 말하였다.

"혜성의 꼬리가 동쪽을 가리키고 있다는 것은 동쪽을 제거하려는 우리들을 하늘이 도와주신다는 상서로운 뜻이오."

김양은 자신이 군사를 일으킨 목적을 '옛것을 제거하고 새것을 펴며, 원수를 갚고 수치를 씻는 데 있다'고 하여서 군사 이름을 '동쪽을 평정하는 군', 즉 평동군이라고 지었는데 마침 떠오른 광채 나는 혜성을 통해 이는 하늘이 내려주신 상서로운 징조라고 만천하에 선언하였던 것이다. 이에 대해 《삼국사기》는 다음과 같이 기록하고 있다.

겨울에 혜성이 서방에 나타났는데, 광채 나는 꼬리가 동쪽을 가리키고 있었다. 여러 사람들이 하례하기를 이것은 옛것을 제거하고 새것을 펴며 원수를 갚고 수치를 씻을 상서로운 징조라 하였다.

마침내 12월.
평동군은 서라벌을 향해 진격하였다.
이때 김우징은 스스로 궁시를 차고 말 위에 올라 총사령관이 되어 친정에 나섰으며 김양은 처음 정벌에 나섰던 그대로 정년과 염장 등 여섯 명의 장수를 시켜 병사를 통솔케 하는 한편 스스로 평동장군이라고 일컬으며 대장군 위에 올라 진격하여 나아갔다.
이때 마침 김양의 심복부하였던 김양순이 자신의 군사를 끌고 내회하니 군객은 매우 성하였고 사기는 하늘을 찌를 듯 충천하였다.
평동군이 처음으로 관군과 맞서 싸운 것은 지금의 나주군 남평면인 무주의 철야현(鐵冶縣) 북쪽. 이때의 기록이 《삼국사기》에 다음과 같이 나와 있다.

　　…… 북을 치며 행진하여 무주의 북쪽에 이르니 신라의 주대감 김민주(金敏周)가 군사를 이끌고 나와서 역습하였다.

김민주는 철야현에서 배수의 진을 치고 있었다.
철야현은 《동국여지승람》에 의하면 나주군 남평면에 있는 너른

들판으로 이름이 가리키듯이 예부터 철이 많이 생산되던 곳이었다. 백제 때는 실어산현(實於山縣)이라고 하였는데, 신라가 합병 후 이름을 바꾸었으며, 근처에는 풍산(楓山)과 덕용산(德龍山)이 있는 요충지였다.

김민주는 병부(兵部)의 차관급에 해당되는 대감으로 《삼국사기》에 의하면 모든 군무를 총괄하는 병부의 제2인자에 해당하는 최고의 실력자였던 것이었다.

물론 장관인 영(令)은 한 사람이었지만 대감은 두 사람으로 김양이 이끄는 평동군을 맞이하는 김명은 사태의 심각성을 예리하게 파악하여 뛰어난 군장인 김민주를 파병하였던 것이었다.

우선 평동군과 철야현에서 맞싸우게 함으로써 평동군의 군세를 파악하는 한편 동정을 엿보려는 선발대로 김민주를 파병하였던 것이었다.

김양이 이끄는 군사는 5천 명. 그러나 김민주가 이끄는 관군의 숫자는 두 배에 해당되는 1만 명이었다. 비록 김양이 이끄는 평동군의 군객이 매우 성하였다고 《삼국사기》에는 기록하고 있었지만 정예부대인 김민주가 이끄는 관군의 기세 역시 만만치가 않았다.

두 군사는 철야현에서 맞부딪쳤다. 관군은 성산이라고 불리던 성을 중심으로 진을 치고 있었고, 평동군은 덕용산을 배후로 진을 치고 있었다.

평동군은 비록 숫자가 적었지만 기동성에 있어서만은 뛰어난 정

술을 갖고 있었다. 그것은 기마 때문이었다. 일찍이 무령군에서 번진을 토벌하던 전력을 통해 장보고는 무엇보다 말의 중요성을 파악하고 있었던 것이었다.

고구려의 유민이었던 이정기가 산동지방에서 강력한 번진을 형성할 수 있었던 것은 발해로부터 말을 수입해다가 가장 강력한 기병을 양성했었기 때문이었다. 말을 타고 싸우는 군사인 기병 한 명은 1백 명의 창병을 감당할 수 있어 가히 일당백이었던 것이다.

말의 중요성을 간파하고 있던 장보고 역시 남해의 많은 무인도에 말을 풀어 방목함으로써 1만 명의 군사를 모두 기병으로 무장할 수 있었던 것이었다.

특히 정년을 비롯하여 장보고와 함께 무령군에서 활약하였던 효장들은 말을 타고 부리는 데 신출귀몰이었다. 말은 뛰어난 기동력을 갖고 있어 무엇보다 속전속결이 최고의 관건이었던 것이다. 그러나 출전하자마자 뜻하지 않은 곳에서 장애물이 생긴 것이었다.

즉 선공에 나선 낙금, 이순행이 제대로 싸우지도 못하고 퇴각하여 돌아온 것이었다.

"어찌된 일인가."

군막에 머무르고 있던 김우징이 물어 말하였다. 그러자 낙금이 눈치를 살피며 말하였다.

"대장군 나으리께 뜻하지 않은 일이 생겼나이다."

"뜻하지 않은 일이 생기다니."

김양이 눈을 부릅뜨고 말하였다. 그러나 서로의 눈치를 살필 뿐 낙금과 이순행은 입을 열어 말을 하려 하지 않았다.

"무슨 일이냐고 내가 묻지 않더냐."

김양이 호통을 치자 낙금이 간신히 대답하였다.

"대장군 나으리의 따님이 바로 적중의 인질로 잡혀 있다 하더이다."

그 순간 군막에는 싸늘한 정적이 흘렀다.

낙금이 말하였던 장군의 딸. 그것은 김양의 외동딸 덕생을 말함이었다. 2년 동안 백률사를 도망쳐 은신한 채 중 아닌 중노릇을 하던 김양에게 찾아온 사람은 아내 사보와 어린 딸 덕생이 아니었던가.

그때 김양은 함께 경국의 대업을 도모하자던 아버지 이홍의 말을 전하러온 아내 사보에게 자진하여 죽을 것을 강요한 후 홀로 도망쳐 사라졌었다.

남편의 입신에 걸림돌이 되지 않기 위해서 자살하여 죽은 아내의 곁에 누워 잠든 어린 딸을 홀로 남겨두고서. 그때 덕생의 나이는 다섯 살. 이제 해가 바뀌었다고는 하지만 겨우 일곱 살의 어린 딸이 아닐 것인가.

김양은 막연히 기대하고 있지 않았던가. 아내 사보는 비참하게 죽는다 하더라도 어린 딸 덕생은 백률사의 주지, 월여에 의해서 거둬져 자라게 될 것이라고. 그러나 그 어린 딸이 지금 적병의 인질로 잡혀와 있다는 것이다.

"어찌하여."

김우징이 탄식하여 말하였다.

"이런 일이 생길 수 있단 말인가. 전쟁에도 법도가 있는 법이거늘. 전쟁이 오래되면 갑옷과 투구에 이가 꾄다 하였는데, 이처럼 끊임없이 전쟁이 계속되고 나라가 어지러우니 이제는 전쟁에 어린아이까지 씌고 있단 말인가."

갑주생기슬(甲冑生蟣蝨).

'전쟁이 오래되면 갑옷과 투구에도 서캐와 이가 꾄다'는 뜻으로《한비자(韓非子)》에 나오는 말이었던 것이었다.

오랜 침묵 후 김양이 태연한 목소리로 입을 열어 말하였다.

"아찬 나으리께오서는 너무 심려치 마시옵소서. 옛 백제장군 계백은 나라가 망할 때 결사대원 5천 명을 뽑아 말하기를 다음과 같이 하였나이다.

'한나라의 인력으로 당나라와 신라의 대병을 당하니, 나라의 존망을 알 수가 없다. 내 처자가 잡혀 노비가 될지도 모르니 살아서 욕을 보는 것보다 죽어서 쾌함과 같지 못하다.'

그렇게 말을 하고 처자를 자신의 손으로 모두 죽이고 황산들에 나가서 싸웠다는 말이나이다. 마찬가지로 지금 우리의 군사는 계백의 그것처럼 5천 명의 결사대에 지나지 않나이다. 비록 적병이 1만 명이라고는 하지만 서라벌로 쳐들어가면 당나라의 대병처럼 10만의 군사와 맞서 싸울 수도 있을 것이나이다.

그러므로 이 몸도 언제 죽을지 그 존망을 알 수 없는 것이나이다.

42

따라서 계백의 말처럼 내 처자가 살아서 노비가 되고, 살아서 욕을 먹는 것보다는 차라리 죽어서 쾌함만 같지 못할 것이나이다. 하오니 아찬께오서는 너무 심려치 마시옵소서."

그러나 김우징은 머리를 흔들며 말하였다.

"아니오. 전쟁으로 인하여 어찌 어린아이의 생명을 빼앗을 수 있단 말이오. 일단 군사를 거두어 돌아가기로 합시다."

그러나 김양은 껄껄 웃으며 말하였다

"어차피 태어난 목숨은 반드시 죽게 되어 있습니다. 설혹 이번에 내 딸을 잃는다 하더라도 태평세월이 다시 오면 얼마든 자식을 낳을 수가 있을 것이 아니겠습니까."

말을 마친 김양은 직접 군사를 몰고 말을 타고 나갔다. 북을 치며 행진하여 성문 앞에 이르러 말하였다.

"나는 평동군의 대장군으로 김민주 대감을 만나러 왔다."

소식을 전해 들은 김민주가 성루 위에 올라서자 김양이 소리쳐 말하였다.

"내 딸이 인질로 잡혀 있다 하는데 내 딸을 보여다오. 실제로 보여준다면 내가 군사를 몰고 퇴하겠거니와 만일 사실이 아님이 판결될 경우에는 네놈의 몸을 베어 반드시 생간을 씹어버릴 것이다."

이 말을 들은 김민주가 웃으며 말하였다.

"이놈 위흔아. 네놈이 반적 김헌창의 피를 받아 역적의 자식임을 알고 있었다만 어찌하여 하룻강아지 범 무서운지 모르는가. 감히 군사를 일으켜 반역을 꾀하려 한단 말이냐. 오냐, 원한다면 네 딸년을 보여주마."

그러자 곧이어 성문 위에 계집애로 보이는 어린아이가 올라섰다. 남의 눈에 잘 띌 수 있도록 머리에는 붉은 관을 쓰고 있었다.

순간 김양은 화살을 하나 뽑아들었다. 화살에 줄을 꿰어 힘껏 잡아당긴 김양은 순식간에 화살을 놓아버렸다. 화살은 삐리릭 소리를 내면서 단숨에 날아갔다. 이른바 소리를 내며 날아가는 명적(鳴鏑)이었다.

눈 깜짝할 사이에 붉은 관을 쓴 계집아이는 화살을 맞고 거꾸러졌다. 애비 김양이 친딸 덕생을 향해 화살을 쏘아 명중시켜 단숨에 죽여버린 것이었다.

한순간의 망설임도 없이 화살을 쏘아 붉은 관을 쓰고 있는 자신의 딸을 맞춰 거꾸러뜨리는 김양의 태도에 모든 병사들은 아연실색하였다. 그러나 대장군 김양의 결연한 의지는 곧 전 군사들에게 불굴의 용기를 불러일으켰다.

승리를 위해서는 딸의 목숨마저 끊어버리겠다는 김양의 단호한 태도에 군사들은 일제히 총공격을 단행하였다. 순식간에 성은 함락되고 김민주는 성을 도망쳐 나와 인근에 있는 평산에 숨어 있었으나 곧 낙금이 이끄는 군사들에 체포, 살해되었다.

이로써 김양이 이끄는 5천 명의 결사대는 단 한 번의 공격으로 1만 명에 이르는 김민주의 관군을 단숨에 초토화시켜버린 것이었다.

이때의 기록이 《삼국사기》에 다음과 같이 나와 있다.

장군 낙금, 이순행이 기병 3천 명으로 적진 군중으로 돌격해 들어가 거의 다 살상하였다.

승리를 거둔 평동군은 성안을 뒤져 김양이 죽인 덕생의 시신을 수습하기 시작하였다. 그러나 그 어디에서도 덕생의 시신은 보이지 않았다. 분명히 화살이 명중되어 그 자리에서 거꾸러진 덕생의 시신은 샅샅이 뒤졌으나 아무 곳에서도 찾을 수가 없었다.

병사 하나가 성루에서 뜻하지 않은 물건 하나를 찾아냈는데, 그것은 밀짚으로 만든 인형이었다. 멀리서 보면 살아 있는 사람처럼 보이도록 실제로 옷을 입히고 붉은 관까지 씌운 실물대의 허수아비였던 것이었다.

허수아비 가슴의 정중앙을 화살이 꿰뚫고 있었다. 그런데 놀랍게도 그 가슴을 꿰뚫고 있는 화살은 김양이 쏜 명적이었던 것이었다.

김양은 주로 소리를 내며 날아가는 명적과 금빛 꿩털로 만든 깃을 단 화살을 사용하고 있었으므로 그것이 김양이 쏜 화살이라는 것은 의심할 여지가 없었던 것이었다.

그러니까 김민주는 실제로 김양의 딸 덕생을 인질로 잡아다 김양을 협박하려 한 것이 아니라 허수아비로 김양의 사기를 꺾으려는 고도의 심리전을 썼던 것이었다.

병귀선성후실(兵貴先聲後實).

옛말에 이르기를 싸움에 있어서는 처음에 적에게 공갈을 함으로써 싸우지 않고 이겨야 하며, 만부득이한 경우에만 무력으로 공격해야 한다는 뜻으로, 그러니까 김민주는 김양의 기를 꺾기 위해서 위계(僞計)를 사용하였던 것이다.

"참으로 경하하오, 대장군. 대장군이 쏜 화살이 바윗덩어리에 꽂혔소."

김우징이 가슴에 화살이 명중한 허수아비를 가리키며 말하였다.

"대장군이 쏜 화살이 돌에 깊이 박히지 아니하였더라면 우리는 이처럼 큰 승리를 거둘 수 없었을 것이오."

김우징의 '쏜 화살이 돌에 깊이 박힌다'는 말은 '중석몰촉(中石沒鏃)'이란 고사에서 나온 성어로 전한시대 때 활약한 이광(李廣)이란 장수에게서 비롯된 말이었다. 그는 특히 궁술과 기마술에 뛰어난 장수였는데, 흉노와의 싸움에서 늘 이겼으므로 '상승장군(常勝將軍)'이라고 불리던 영웅이었다.

어느 날 그는 저물녘에 들판을 지나다가 어둠 속에 웅크리고 있는 호랑이를 발견했다. 그는 온 신경을 집중하여 활을 힘껏 당겨 쏘았다. 화살은 분명 명중했으나 웬일인지 호랑이는 화살이 박힌 채로 꿈적도 하지 않았다. 이상히 여긴 그가 다가가보니 호랑이인줄 알았던 것이 큰 바윗덩어리였던 것이다. 그 바윗덩어리에 힘껏 쏜 화살이 깊이 박혀 있었던 것이었다.

"아니 이럴 수가 있는가. 화살이 바윗덩어리에 꽂히다니."

그는 제자리에 돌아와서 다시 활을 쏘아보았다. 그러나 화살은 돌에 맞는 순간 튀어 올랐다. 먼저 쏜 화살은 호랑이를 죽여야겠다고 온정신을 집중하여 쏘았기 때문에 돌에 박힌 것이고, 뒤의 화살은 이미 호랑이가 아니라는 것을 알고 쏘았기 때문에 그만큼의 괴력이 발휘되지 않았던 것이다.

이로부터 '중석몰촉', 즉 '쏜 화살이 돌에 깊이 박힘'이란 뜻은 온정신을 집중하여 혼신의 힘을 다하면 놀라운 힘을 발휘할 수 있음을 뜻하는 말이 되었던 것이다.

김우징이 김양을 치하하면서 '대장군이 쏜 화살이 돌에 깊이 박혔소'라고 말하였던 것은 바로 그런 뜻이었던 것이었다.

그러니까 김우징은 김양이 붉은 관을 쓴 인형이 딸 덕생이라고 생각하여 혼신의 힘을 다하여 쏘았기 때문에 명중하였지, 그것이 다만 허수아비임을 미리 알았더라면 명중하지 못하였을 것이라고 말하면서 자신의 친딸이라도 대의를 위해서는 멸친하겠다는 김양의 단호한 의지가 결국 빛나는 승리를 이끈 원동력이라고 치하했었던 것이다.

그러나 김우징은 김양의 속마음을 간파하지 못하고 있었다.

김양은 화살을 쏠 때부터 성루에 서 있는 물건이 자신의 딸이 아니라 허수아비임을 꿰뚫어 보고 있었던 것이다.

왜냐하면 딸 덕생은 장인 이홍으로 보면 손자였던 것이다. 이홍은 김명의 최측근으로 당대 제일의 권력자. 자신의 딸 사보를 사위인 김양이 죽였다고 이를 갈고 있었지만 자신의 손자인 덕생까지 전쟁의 인질로 삼을 만큼 매정한 할아버지는 아님을 김양은 잘 알고 있었기 때문이었다.

따라서 김양은 그것이 사람이 아니라 딸처럼 꾸며놓은 허수아비임을 잘 알고 있었으며 그러나 오히려 이것이 아군의 사기를 고조시키는 빈진의 기회임을 긴파하고 있었던 것이었다.

즉 화살을 쏘아 자신의 딸마저 죽임으로써 대의를 위해서는 과감하게 살신한다는 각오를 전군에게 보여줄 수 있는 절호의 기회였던 것이었다.

아니다.

김양은 그 물건이 허수아비가 아닌 실제의 딸 덕생이라 하였더라도 화살을 쏘아 딸을 죽여버렸을 것이다. 이미 자신의 입신에 걸림돌이 되는 아내 사보를 자진하여 죽게 하였던 김양이 아니었던가.

김양은 오직 이 길만이 5천 명의 결사대원으로서 1만 명이 넘는 관군을 무찔러 이길 수 있는 유일한 방법이며 그뿐인가, 앞으로 있을 수만 명의 관군과 건곤일척의 전투에서 승리를 거두기 위해서는 반드시 거쳐야 할 과정임을 꿰뚫어 보고 있었던 것이다.

오기(吳起).

춘추전국시대 때 최고의 병법가. 손무가 쓴 《손자병법》과 더불어 《오자(吳子)》란 병법서를 쓴 이 불세출의 영웅은, 노나라에서 그를 장군으로 삼으려 하였으나 오기는 제나라의 여자를 아내로 삼고 있었으므로 제나라의 의심을 받는다고 아내를 죽여 충성을 나타낸 사람이었다. 그런 의미에서 오기와 김양은 의심을 벗기 위해서 아내를 죽인 점에 있어 서로 상통된 점이 있는 것이다.

그뿐인가.

오기는 전쟁에 나설 때마다 승리를 거뒀는데, 그것은 각별하게 부하들을 사랑하기 때문이었다. 실제로 오기는 부하들에게 종기가 생기면 직접 입으로 빨아서 이를 고쳐주었으며, 이를 본 부하들은 자신들을 사랑하는 오기의 행동에 감격하여 충성을 다함으로써 천하무적의 군사가 될 수 있었던 것이다.

연저지인(吮疽之仁).

'입으로 종기를 빨아내는 자애' 란 뜻으로 부하들의 종기를 입으로 빨아 고쳐준 오기의 유별난 행동은 실은 자비심 때문이 아니라 부하들의 마음을 사로잡기 위한 일종의 전시행동이었던 것이다.

마찬가지로.

자신의 딸이 아닌 허수아비임을 알면서도 결연히 화살을 쏘아 명중시켜 쓰러뜨림으로써 대의를 위해서는 딸의 목숨까지도 빼앗는다는 김양의 행동은 병사들의 충성심을 얻기 위해 입으로 종기를 빠는 오기의 행동과 유사하였던 것이다.

어쨌든 이로써 김양은 첫 번째 전투에서 빛나는 승리를 거두었다.

후세 사람들은 김양이 화살 하나로 승리를 거뒀다 하여 철야현의 전투를 '일석승몰금음우(一射勝沒金飮羽)' 전쟁이라 불렀다.

이 말은 '화살 하나로 금빛화살 깃까지 물힘 정도로 승리를 꿰뚫

었다'는 뜻으로 승리를 위해서는 수단방법을 가리지 않는 난세의
영웅, 간웅으로서의 김양을 엿볼 수 있는 극적인 한 장면인 것이다.


2


　마침내 주사산(朱砂山) 봉수대에서 연기가 다섯 번 피어올랐다.
주사산은 서라벌에서 서쪽으로 40여 리에 있는 산이었는데, 쳐들어
오는 적군의 형세를 직접 왕경에 전하는 봉수대였다.

　봉수는 밤에는 불로써, 낮에는 연기로써 국가의 위급함을 알리는
전달체계였는데, 봉(烽)은 횃불을 가리키며, 수(燧)는 연기를 가리
키고 있었다.

　한낮에는 바람, 구름, 비 등으로 가릴 경우 관망하기 어렵기 때문
에 한밤에 횃불을 통해 불빛으로 신호하는 것이 보통이었으나 아주
위급할 경우에는 연기를 피워 올려 급한 소식을 전하곤 했었다.

　이럴 때에는 바람을 타지 않는 이리와 같은 들짐승의 똥을 태웠
으므로 이를 낭연(狼煙)이라고도 불렀는데, 마침내 주사산에서 연
기가 피어오른 것이다.

　주사산은 영천군에 있는 방산(方山)의 봉수대와 연결되어 주로 서
라벌 서쪽에서 전해오는 긴급 상황을 전달해오는 최후의 봉수대였다.

　주사산 봉수대에서 연기가 다섯 번 피어올랐다는 것은 실로 불길

한 징조가 아닐 수 없었다.

평상시에는 1거, 위급상황이 발발하였을 때에는 2거, 적이 침투하고 쳐들어올 때에는 3거, 적군과 아군이 접전 중일 때에는 4거를 올렸으며, 연이어 다섯 번이나 한꺼번에 봉수되었을 때에는 아군이 적군에 패퇴하였음을 알리는 최긴급상황이었던 것이다.

이미 며칠 전의 봉수로 철야현의 전투를 알고 있던 왕경에서는 초조하게 그 결과를 기다리고 있었다. 그러나 주사산에서 다섯 번 연기가 피어오름으로써 김민주가 이끄는 관군은 비참하게 패배하였음이 명백하게 밝혀진 것이었다.

"어찌하면 좋겠는가."

수많은 군신들이 모인 어전회의에서 민애왕 김명이 초조한 목소리로 물어 말하였다.

"김민주 대감이 이끄는 아군이 적군에 패퇴하였고, 김민주 대감은 목숨을 잃었다는 급보가 전해왔으니 이를 어쩌면 좋겠는가."

어전회의에는 당대 최고의 실력자인 이홍을 비롯하여 상대등 김귀(金貴), 김헌숭 등 모든 최고대신들이 모여 있었으나 모두들 무거운 표정만 짓고 있을 뿐 감히 입을 열어 말하는 사람이 없었다.

"그뿐인가. 적군은 흙먼지를 일으키며 왕경을 향해 단숨에 침격해 들어오고 있지 않은가."

대왕 김명의 말은 사실이었다.

《삼국사기》에도 12월 철야현의 전투에서 기병 3천 명으로 1만여 명의 관군을 거의 섬멸한 김양이 이끄는 군세를 다음과 같이 기록하고 있다.

"김양의 군사는 낮과 밤을 가리지 않고 주야로 겸행하여 진격해 들어오고 있었다."

김민주가 이끄는 관군을 쓰러뜨린 평동군은 더 이상 거칠 것이 없었다. 곳곳에서 사소한 방어선을 만나기는 하였으나 전혀 상대가 되지 않았다.

그러던 사이에 어느덧 해가 바뀌어 정월이 되었으며, 김양의 군사는 신라군의 마지막 방어선인 달벌(達伐)을 향해 진격해 들어오고 있었던 것이었다.

해마다 정월이 되어 쥐의 날인 첫 자일(子日), 말의 날인 첫 오일(午日) 등은 모든 일에 근신을 다하는 신일(愼日)로 삼아 이 날들을 금기(禁忌)한다는 속담으로 달도(怛忉)일이라 하였는데, 이는 소지왕(炤知王)이 금갑(琴匣)의 화를 면한 것을 기념하기 위해 만든 제삿날이었던 것이다.

《삼국유사》에 그 유래가 나와 있는데, 소지왕의 왕비가 중과 내통하여 정월 보름날에 궁중에서 왕을 살해하려고 왕비의 방 안 거문고 갑 속에 중을 숨겨놓은 것을, 쥐와 돼지들의 도움으로 만난 까마귀가 떨어뜨린 종이 위에 쓰인 글을 보고 왕이 먼저 거문고 갑을 쏘아서 중을 죽여 화를 면한 이후, 특히 정월 16일을 까마귀 기일로 정하고 찰밥을 지어 까마귀에게 제사하는 풍습이 있었던 것이었다.

그러나 김양의 군사는 이러한 전통적인 신일을 무시하고 무서운 기세로 계속 서라벌을 향해 진격해오고 있었던 것이다.

이때 김양은 다음과 같이 말하였다고 전하여오고 있다.

"까마귀를 기리기 위해 달리는 말을 멈추게 할 순 없다. 불구대천의 원수를 갚은 후 그때 찰밥을 지어 까마귀에게 제사를 지내도 늦지 않을 것이다."

"대왕마마."

상대등 김귀가 마침내 입을 열어 간언하였다.

"너무 심려치는 마시옵소서. 비록 철야현의 전투에서 아군이 패퇴하였고, 김민주 대감이 전사하였다고는 하오나 달벌에서는 아군이 적군을 맞아 싸울 준비를 끝내고 있사옵니다. 적이 비록 군객이 성하다 하오나 듣자옵기는 5천의 소병이옵고, 아군은 10만의 대군이니, 어찌 적이 아군의 군세를 꺾을 수 있겠사옵니까."

10만의 대군. 상대등 김귀가 말하였던 10만의 대군은 실제로《삼국사기》에 기록되어 있는 숫자인 것이다.

"그러하면."

김명은 말하였다.

"관군의 대장군은 누구로 하였으면 좋겠소이까."

그러자 이홍이 말하였다.

"이미 대아찬 김윤린 장군과 대아찬 김의훈 장군이 나아가 군사를 지휘하고 있나이다."

물론 김명은 잘 알고 있었다. 김윤린과 김의훈은 모두 뛰어난 군장이었음을. 그러나 김명은 그들이 관군을 지휘하기에는 부족한 인물이란 사실을 꿰뚫고 있었던 것이다. 비록 김양의 군사가 5천 명의 소병이었음에도 불구하고 승승장구할 수 있었던 것은 '옛것을 제거하고 새것을 펴며, 원수를 갚고, 수치를 씻는다(除舊布新 報冤雪恥)'는 명분이 인심을 움직였기 때문이었다. 따라서 평동군이 움직이는 곳이면 수많은 백성이 양곡을 대어주었고, 심지어는 관군들까지도 무기를 버리고 투항하여 합세하였던 것이다. 그러므로 김명은 비록 10만 명이 넘는 관군이 적병과 맞서 싸운다 하더라도 뚜렷한 대의명분 없이는 쉽게 승리를 얻을 수 없을 것이라는 것을 알고 있었다.

"그 두 사람 말고 또 다른 인물이 없단 말이오."

대왕 김명이 탄식하였다. 어차피 민심이 천심이라면 그 천심을 대신할 만한 인물이 자신에게는 어찌 없을까 하는 일종의 한탄이었던 것이다. 그러자 이홍이 나서서 말하였다.

"대왕마마, 다른 인물이 없는 것은 아니나이다."

"그가 누구인가."

"바로 아찬 대흔(大昕)이나이다."

이홍이 천거하였던 아찬 대흔. 그는 바로 김양의 사촌형이었던 김흔이었던 것이다.

그는 김명의 아버지 김충공의 추천으로 당나라에 들어가 황제로부터 태상경의 지위를 제수받았던 뛰어난 외교관이자 학문을 좋아했던 당대 제일의 학자였다. 특히 김양의 군사에 점령당한 남원을 비롯하여 지금의 진주인 강주의 대도독을 지내는 등 여러 지역의 태수를 거치는 동안 현지 백성들로부터 마음속 깊이 존경을 받던 사람이었으므로 마땅히 김우징과 김양에게 대적할 만한 유일한 인물이었던 것이었다.

"하오나 대왕마마."

상대등 김귀가 말하였다.

"아찬 김흔 공은 무장이 아니지 않습니까. 그는 말을 타고 싸워본 적이 없는 백면서생이나이다."

"무슨 소리요."

이홍이 말하였다.

"일찍이 김흔 공은 화랑이 되어 김헌창의 난 때에도 어린 나이로 참전하였던 경험이 있소이다. 그러나 그보다도 김흔 공이 대장군이 되기에 가장 합당한 이유는 바로 그가 적군의 대장군 김양의 사촌 형이라는 사실이오. 아시다시피 김흔 공은 김양의 종부형으로 김공의 애비 장여와 김양의 애비 정여는 서로 형제간이었던 것이오. 뿐 아니라 두 사람은 평소에도 각별한 사이였던 것으로 알고 있소이다."

평소에 이홍은 김흔을 눈엣가시처럼 생각하고 있었다. 그는 대왕 김명이 애비 김충공처럼 김흔에 대해 맹목적인 애정을 기울이는 것을 못마땅하게 생각하고 있을 뿐 아니라 김균정을 제거하는 데에도 아무런 공을 세우지 않았던 김흔이 김명에 의해서 상국(相國)의 지위에까지 오른 것을 아니꼽게 생각했던 것이었다. 따라서 이 기회에 '이이공이(以夷攻夷)', 즉 '오랑캐로서 오랑캐를 제어한다'는 옛말 그대로 적을 이용하여 적을 물리치는 묘수를 내놓은 것이었다.

이홍의 입에서 김흔을 추천하는 말이 나오사 내왕 김명은 마음이 흡족하여졌다. 김흔이라면 땅에 떨어진 민심을 추스르기에 가장 적합한 인격자일 뿐 아니라 김양과 맞서 싸울 최고의 적임자였던 것이었다.

"김흔을 들라 이르라."

대왕이 명하자 이홍이 쾌재를 부르며 중얼거려 말하였다.

"이로써 오랑캐로 오랑캐를 무찌르게 되겠구나."

'오랑캐로 오랑캐를 무찌른다'는 말은 북송 제6대 황제 신종(神宗) 때의 재상 왕안석(王安石)이 시행한 부국강병정책의 일환이었지만 자고로 중국의 정통적인 외교정책의 하나였던 것이다.

한편 대왕으로부터 입궐을 명받은 김흔은 무거운 심정으로 관복을 입고 있었다. 옆에서 관복을 챙겨주던 정명부인이 조심스레 입을 열어 말하였다.

"나으리, 대왕마마께오서 나으리를 급히 입궐토록 하신 것은 반드시 이유가 있을 것이나이다."

김흔의 부인 정명부인은 김충공의 딸, 그러니까 대왕의 누이였던 것이다. 그러나 정명부인은 자신의 남동생인 김명이 권력을 위해서는 이미 자신의 매형이었던 희강왕까지 죽였음을 잘 알았으므로 갑자기 자신의 남편을 입궐토록 한 것에는 분명히 무슨 흉계가 있을 것이라는 불길한 예감을 갖고 있었다.

"하오니 나으리."

결혼한 지 10년이 넘었으나 두 사람 사이에는 아직 아이가 없었다. 그러나 부부의 정만은 각별하였으므로 김흔의 관복을 꼼꼼히 챙겨주는 정명부인의 손에는 정성이 깃들여 있음이었다.

"일찍이 공자가 말하였던 다음과 같은 말씀을 명심하옵소서. '어진 이는 험악한 세상을 피할 것이요, 또한 혼란한 지방을 피할 것이요, 다음은 임금의 낯빛을 살펴 오해가 있으면 피하고, 다음은 소인의 간사한 말을 피할 것'이라는 공자의 말씀을 잊지 마옵소서."

정명부인이 하였던 말은 《논어》의 '헌문(憲問) 편'에 나오는 것으로 난세에 처세하는 방법에 대한 가르침이었던 것이었다. 정명부인은 공자의 말처럼 이와 같은 난세에는 험악한 세상을 피할 것과 간사한 말 역시 피할 것을 강조하였던 것이다.

아내로부터 이 말을 들은 김흔은 부드럽게 웃으며 말하였다.

"그러나 부인, 공자는 또 이렇게 말하였소. 미생요가 공자에게 '구(丘)야, 그대는 어찌하여 항상 분주하게 돌아다니는가. 벼슬을 탐하여 말재주를 팔아서 기회를 노리고 있는가.' 이에 공자는 다음과 같이 말하였소. '내가 어찌 말을 팔아서 벼슬을 탐하겠소. 다만 가장 고상한 체하면서 세상을 등지고 독선하는 무리를 미워하기 때문이라오.'"

　김흔이 말하였던 미생요는 일종의 은둔자로서 혼란한 세상을 피하여 혼자 고독과 고상한 것만을 추구하고 있었던 사람. 이 역시 《논어》의 '헌문 편'에 나오는 유명한 문장인데, 공자는 한쪽으로는 난세에는 될수록 험한 세상을 피하고, 혼란한 지방을 피하고, 주군의 오해를 피하고, 간사한 무리들을 피하라는 가르침을 펴면서도 또 한쪽으로는 난세일수록 세상이 어지럽다고 피할 것이 아니라 오히려 나서서 천하를 바로잡고 참신한 기풍을 잡아야 함을 강조하였던 것이었다.

　《삼국사기》에 이르기를 "김흔은 어려서부터 총명 영오(穎悟)하고 학문을 좋아하였다" 하였으니, 입조를 앞두고 말하였던 김흔은 당연하다 하겠지만 그러한 남편에게 논리정연하게 충고하였던 정명부인 역시 영철(穎哲)한 여인이었던 것이었다.

　즉, 정명부인은 자신의 남동생이자 대왕인 김명이 남편을 입궐토록 명령한 것은 김양의 군사와 맞서 싸울 대장군에 임명하려는 속셈임을 꿰뚫어 보았던 것이었다.

　따라서 정명부인은 남편에게 '난세에는 험악한 세상을 피하는 것이 현명한 길'임을 충언하였으나 김흔은 오히려 '난세일수록 세상을 피할 것이 아니라 맞서 싸우는 것이 군자의 도리'라는 같은 공자의 말을 인용함으로써 자신의 의지를 내보였던 것이었다.

　그러자 정명부인이 받아 말하였다.

"하오나 나으리. 공자께오서는 다음과 같이 말씀하지 않으셨나이 까. '썩은 나무로는 조각할 수 없고, 거름흙으로는 담장을 손질할 수 없다.' 나으리, 지금 나라는 어지러워 썩은 나무와 같고, 세상은 혼탁하여 거름흙으로 쌓은 담장과도 같습니다. 나으리께오서 아무 리 신하된 도리로서 세상을 바로잡으려 하신다 하더라도 이 썩은 나무와 같은 나라로서는 조각을 할 수 없으시옵고, 이 거름흙과 같 은 더러운 세상에서는 새로 담장을 쌓을 수 없는 것이나이다."

정명부인이 말하였던 내용 역시 《논어》의 '공야장(公冶長) 편'에 나오는 말로 그 유래는 다음과 같다.

공자는 학문을 대하는 태도가 매우 성실하였다. 따라서 제자들에 게도 늘 성실히 학문할 것을 강조하곤 했었던 것이었다.

그런데 어느날 재여(宰予)라는 제자가 낮잠을 자는 것을 보았다. 이에 공자는 불같이 화를 내면서 이렇게 말하였다고 전해오고 있다.

"썩은 나무는 조각할 수 없고, 거름흙으로 쌓은 담장은 손질할 수 가 없다(朽木不可雕也 糞土之墻)."

그리고 나서 공자는 《논어》 전편을 통해 가장 준엄하게 꾸짖고 있 는 것이다.

"저런 재여에게 도대체 무엇을 꾸짖을 수가 있겠는가."

낮잠 정도를 잔 제자를 너무 심하게 몰아세우는 것이 아닐까 하 고 생각해볼 수도 있겠으나 게으르고 불성실한 제자 재여를 꾸짖을 필요조차 없다고 꾸짖음으로써 공자는 불성실과 나태를 경책하고 있었던 것이었다.

"또한 나으리."

정명부인은 남편 김흔의 머리 위에 검은 복두를 얹어주면서 조심
스레 말하였다.

"일찍이 공자께오시는 '현명한 새는 좋은 나무를 기려 둥지를 친
다' 라고 말씀하셨나이다."

양금택목(良禽擇木).

정명부인이 말하였던 '현명한 새는 좋은 나무를 가려 둥지를 친
다' 는 말은 춘추시대 때 공자가 위나라에 갔을 때 비롯된다. 어느
날 공문자(孔文子)가 전쟁에 대해 상의해오자 공자는 이렇게 대답
하였다.

"제사 지내는 일에 대해서는 배우는 일이 있었습니다만 전쟁에
대해서는 아는 것이 없습니다."

그 자리를 물러나온 공자가 제자들에게 서둘러 위나라를 떠날 채
비를 하라고 일렀다. 제자들이 그 까닭을 묻자 공자는 이렇게 대답
했던 것이다.

"현명한 새는 좋은 나무를 가려 둥지를 친다고 했다. 그와 마찬가
지로 좋은 신하가 되려면 마땅히 현명한 군주를 가려서 섬겨야 하
는 것이다."

자신이 어떤 일에 쓰이고자 할 때에는 반드시 그 자리가 자기의
재능을 키울 만한 훌륭한 둥지인가를 헤아려 보아야 한다는 공자의

말을 통해 정명부인은 넌지시 남편의 의중을 물어온 것이었다.

"그러므로 나으리, 부디 현명하게 헤아려 처신하옵소서. 나으리
는 문장을 하는 학자이지 전쟁에 대해서는 배운 일이 없는 공자와
같나이다. 또한 나라는 어지러워 썩은 나무와 같고, 세상은 혼탁하
여 더럽고 냄새나는 거름흙으로 만든 담장과도 같사옵나이다. 나으
리가 아무리 둥지를 틀려 하신다 하더라도 그 나무는 이미 살아 있
는 나무가 아니옵고, 바람이 잦아 자칫하면 나뭇가지가 부러질지도
모르나이다."

정명부인은 조심스럽게 말하였다. 과연 그 남편의 그 아내였다.
끝까지 아내의 말을 들은 남편 김흔은 이렇게 말하였다.

"부인의 말은 잘 알겠습니다. 그러나 새가 된 신하의 도리로서 어
찌 그 나무가 튼튼한 나무인지, 바람 잦은 나무인지 그것을 따지겠
소이까. 비록 나라가 썩은 나무처럼 어지럽고, 세상이 거름흙처럼
혼탁하다 할지라도 신하 된 도리로서 어쩔 수 없이 견위수명하여야
할 것이 아니겠소이까."

견위수명(見危授命).

이 역시 《논어》에 나오는 말로 '나라가 어지러우면 제 몸을 나라
에 바친다'는 뜻이다.

관복을 다 입고 나서 수레를 타기 전 김흔은 정명부인을 돌아보
며 말하였다.

"공자께오서는 말씀하셨습니다. '이익을 위하여 정의를 배신하지

않고, 나라가 위태로움을 당해서는 생명을 버리면서라도 책임을 완수하고, 벗을 사귀되 옛날 약속한 것이라도 잊지 않고 이행한다면 이 사람을 완전한 인물이라고 하겠다.' 내 비록 불충한 인물이나 어찌 '사사로운 이익을 위하여 정의를 배신할 것(見利思義)'이며, 어찌 '국가의 위태로움을 보고 생명을 버리지 않을 수(見危授命)' 있겠소이까. 자, 그럼 부인, 다녀오겠소이다."

수레를 타고 남편 김흔이 멀리 사라질 때까지 아내 정명부인은 손을 흔들어 전송하고 나서 벽에 몸을 기대고 서서 이렇게 한탄하였다고 전해지고 있다.

"아아, 님이여. 그 물을 건너지 마오. 그러나 님은 기어이 물을 건너시네."

수레를 타고 궁궐로 들어간 김흔은 정명부인의 탄식대로 돌아올 수 없는 강을 거슬러 올라간다.

대왕 김명으로부터 10만 대군을 총지휘할 대장군으로 임명된 것이었다.

그러나 이날 아침 입궐하는 김흔과 아내 정명부인 사이에 벌어진 난세에 대처하는 《논어》를 통한 두 가지의 처세방법에 대한 마지막 토론은 이중창(二重唱)처럼 우리들의 가슴을 울리고 있다.

난세에 있어 물러섬이 좋으냐, 오히려 적극적으로 나서는 것이 좋으냐는, 같은 상황에 대한 공자의 두 가지 가치관은 세월을 초월하여 오늘을 사는 우리들에게도 준엄한 질문을 던지고 있는 것이다.

어쨌든 김흔은 대왕마마로부터 대장군의 사령장을 받고 곧바로 달구벌로 급파되었다. 이때가 민애왕 2년 윤정월이었다.

이미 김양의 평동군은 철야현의 첫 전투를 승리로 장식하고 주야로 겸행하여 대구의 땅에 이르러 진을 치고 있었고, 10만의 관군은 대아찬 김윤린의 진두지휘 아래 최후의 방어선을 구축하고 있었다.

이때의 기록이 《삼국사기》에 다음과 같이 나와 있다.

김흔은 마침내 관군의 대장군이 되어 군사 10만 명을 거느리고 대구에서 '청해진의 군사'와 대치하고 있었다.

기록에 나와 있듯이 '청해진의 군사', 즉 평동군의 군사는 불과 5천 명. 관군의 숫자는 10만 명으로 그 숫자로 보면 감히 상대조차 되지 않은 명백한 열세였다.

그러나 김양은 이렇게 말하였다.

"옛 월왕 구천(句踐)은 섶에서 자고 곰의 쓸개를 핥으면서 애비의 원수를 갚고 복수를 맹세한 후 불과 5천 명의 군사로 오나라의 70만 군사를 무찔렀다. 비록 적군이 10만 군사라고는 하지만 오나라의 70만 군사에는 크게 미치지 못한다. 구천은 5천 명의 군사로 70만 군사를 무찔러 복수를 하였는데, 우리는 어찌 5천의 군사로 10만의 적을 무찌르지 못하겠는가."

그러고 나서 김양은 전군이 모인 자리에서 다음과 같이 말하였다.

"옛 백제의 장군 계백은 5천 명의 결사대를 뽑은 후 처자가 잡혀 노비가 될지도 모르니 살아서 욕을 보는 것보다 차라리 죽어서 쾌함만 못하다고 자신의 손으로 처자를 모두 죽이고, 황산들에 나와 이렇게 말하였다.

'오늘은 우리 모두 다 분투결승하여 국은에 보답하자.'"

그러고 나서 김양은 칼을 빼어 하늘에 뜬 백일을 가리키며 말하였다.

"우리도 모두 분투결승하여 낡은 옛것을 제거하고 새것을 펴며, 반드시 원수를 갚고 수치를 씻어 국은에 보답하여야 할 것이다."

대왕 김명으로부터 10만 관군의 대장군으로 임명된 김흔은 그 길로 즉시 말을 타고 달구벌로 급파되었다.

남편 김흔이 전쟁터로 나간다는 소식을 전해 들은 정명부인은 멀리서 말을 타고 출전하는 남편의 모습을 바라보며 눈물을 흘리면서 말하였다.

"아아, 임은 물에 빠져 돌아가시니.

가신 임을 어이할 것인가."

정명부인은 남편 김흔이 이 전쟁에서 살아서 돌아오지 못함을 잘 알고 있었던 것이다. 설혹 전쟁에 이겨 살아서 돌아온다 하더라도 생불여사(生不如死), 살아도 살아 있는 목숨이 아니고, 이름과 명예를 더럽혔으므로 살아도 이미 죽은 목숨과 같은 산송장이 되어 돌아올 것이다. 그날 밤 정명부인은 홀로 공후(箜篌)를 타면서 노래

불렀다.

강원도 상원사의 범종에 조각되어 있는 공후는 현명(絃鳴)악기인데, 정명부인은 노래를 부르면서 눈물을 흘리기 시작하였다.


公無渡河
公竟渡河
墮河而死
當奈公何


임이여 물을 건너지 마오.
임은 기어이 물을 건너시네.
임은 물에 빠져 돌아가시니.
가신 임을 어찌할 것인가.


정명부인이 눈물을 흘리면서 부른 노래는 〈공무도하가〉란 노래로 이를 〈공후인(箜篌引)〉이라고도 부르고 있다.

중국의 기록에 의하면 고조선의 뱃사공 곽리자고는 아침 일찍 일어나 배를 저어 가는데, 머리가 하얗게 센 미친 사람이 술병을 들고 흐르는 강물을 건너고 있었다. 강가에서는 그의 아내가 뒤를 따르며 말렸지만 끝내 물에 빠져 죽고 말았던 것이다. 그러자 그의 아내는 강가에서 땅을 치고 노래를 부르며 통곡하였다. 이 노래가 〈공무도하가〉였다. 노래를 끝낸 후 아내도 물에 몸을 던져 죽고 말았는데, 이 광경을 목격한 곽리자고는 집으로 돌아와 아내 여옥(麗玉)에게 이 이야기를 하면서 노래를 들려주었다.

뱃사공인 진졸(津卒) 곽리자고의 아내 여옥은 공후를 안고 노래를 부르니 듣는 사람마다 눈물을 흘리며 울었다는 슬픈 전설이 있는 노래인 것이다. 출전하는 남편을 마치 건너오지 못하는 강을 건너는 것으로 비유하고 마침내 남편이 물에 빠져죽어버릴 것임을 탄식한 정명부인의 예감은 그로부터 며칠 뒤 그대로 적중된다.

어쨌든 이때의 기록이 《삼국사기》에 다음과 같이 나와 있다.


민애왕 2년 정월 19일.

김양의 군이 달구벌의 땅에 이르렀다. 이에 왕은 김양군의 닥침을 듣고 아찬 김대흔을 대장군에 임명하고 대아찬 윤린, 의훈 등을 명하여 군사를 이끌고 가서 싸우도록 하였다.


양군의 군사가 최후의 결전을 벌인 곳은 달구화현. 이를 달벌성이라고 부른다.

관군은 공산성을 중심으로 진영을 펼치고 있었고 평동군은 연귀산(連龜山)을 배후로 진영을 펼치고 있었는데 관군의 대장군으로 김흔이 임명되었다는 소식을 김양이 전해들은 것은 진중에서 김우징과 더불어 술을 마시고 있을 무렵이었다.

이 소식을 듣자 김양은 갑자기 허공을 바라보면서 세 번을 크게 웃었다.

"어찌하여 대장군은 크게 웃으십니까."

김우징이 묻자 김양은 술을 마시며 대답하였다.

"예부터 밭갈이는 농부에게 시키고 바느질은 아낙네에게 맡기는 법이라 하였습니다. 하물며 전쟁에 있어서는 더욱 그러합니다. 그런데 태흔 형은 글만 읽을 줄 알지 날아가는 새도 떨어뜨려 본 적 없는 백면서생에 불과합니다. 더구나 태흔은 저의 종부형이나이다. 그보다도."

김양은 확신에 찬 얼굴로 마시던 술잔을 소리가 나도록 탁자 위에 내려놓으며 말하였다.

"태흔 형이 적군의 대장군이라면 싸우나마나 반드시 이 전쟁은 우리가 승리를 거둘 수 있음이 분명할 것이기 때문이나이다."

김흔이 대장군으로 있는 한 싸우나마나 승리를 거둘 수 있을 것이라는 김양의 말이 이해가 가지 않는 얼굴로 김우징이 물어 말하였다.

"어째서입니까. 어째서 김흔이 대장군으로 있는 한 싸울 필요도 없이 우리가 반드시 이길 것이라고 말씀하시오."

그러자 김양이 잔에 술을 가득 따라 단숨에 들이킨 후 세 번을 크게 웃고 나서 대답하였다.

"왜냐하면 아찬 나으리, 이는 하늘의 뜻이기 때뮤이나이다."

"하늘의 뜻이라니요."

김우징은 의아한 얼굴로 물어 말하였다.

김우징이 점점 더 궁금해하자 김양이 마침내 입을 열어 말하였다.

"나으리께오서는 낭혜화상을 알고 계시나이까."

낭혜화상. 해동신동으로 불리던 낭혜화상은 일찍이 태종 부열왕의 8대손으로 대대로 진골이었으나 애비 때 김헌창의 반란에 동조하였으므로 6두품으로 강등당한 명문귀족 출신의 고승. 그 무렵 아직 중국에서 돌아오지 않고 있었으나 신라 제1의 고승으로 널리 알려져 있었으므로 김우징이 그의 이름을 모를 리가 없었던 것이다.

"알다마다요."

김우징이 대답하였다.

"그런데 낭혜화상과 이 전쟁이 무슨 상관이 있단 말이오. 또한 낭혜화상과 하늘의 뜻과는 무슨 연관이 있단 말이오."

김우징이 묻자 김양이 다시 껄껄 웃으며 대답하였다.

"일찍이 낭혜화상은 부석사의 취현암이라는 암자에서 면벽수도하고 있었습니다. 그 누구도 만나지 않고 화엄에 몰두하고 있었는데, 어느 날 태흔 형이 내게 이렇게 말하였나이다. '부석사에는 낭혜화상이라고 있는데, 아주 신묘한 고승이라고 하니 함께 찾아가서 두 사람의 앞날을 점쳐보고 점괘를 얻어오기로 하자.' 그때가 헌덕대왕 12년이었으니, 벌써 10년도 훨씬 전의 일이었나이다. 그때 우리는 화랑으로 전국을 순례하며 심신을 연마하고 있었는데, 태흔 형의 나이는 열여덟 살이었고, 신의 나이는 겨우 열세 살 때의 일이었나이다."

비록 이제는 기묘한 운명으로 죽느냐, 사느냐의 전쟁을 치러야 할 원수지간이 되었으나 10년도 넘는 옛 과거를 회상하는 김양의 표정에는 절친했던 김흔을 그리워하는 육친의 정이 스며 흐르고 있었다.

"그때 우리는 간신히 낭혜화상을 만날 수 있었으며, 그리하여 화상으로부터 두 사람의 운명을 점지받을 수 있었나이다. 그때 낭혜화상은 태흔 형의 운명을 풀초라 참언하였나이다. 그러고 나서 풀초 세 개가 태흔 형을 반드시 구해줄 것이라고 말씀하였나이다."

"풀초가 셋이란 말씀이오."

김우징이 말을 받았다.

"풀이 셋이라니, 그 말이 도대체 무슨 뜻이오."

그러자 김양이 여전히 웃으며 말하였다.

"낭혜화상은 태흔 형에게 이렇게 말하였나이다. '풀잎 세 개면 풀이 우거져 초목이 무성할 것이외다.' 그러니 나으리. 풀초가 셋이면 무슨 자가 될 것이나이까."

"풀초가 셋이면 훼(茻) 자가 아닐 것이오. 결국 훼 자는 초목이 무성함을 나타내는 말이 아니겠소이까."

김우징이 대답하자 김양이 자신의 무릎을 내리치며 말하였다.

"그렇나이다. 아찬 나으리. 낭혜화상이 이르기를 태흔 형의 운명은 풀이며, 풀 셋이 태흔 형을 위기에서 구해줄 것이라고 말씀하셨나이다."

"그것이."

아무래도 이해가 가지 않는 얼굴로 김우징이 다시 물어 말하였다.

"이번 선생의 승패와 무슨 상관이 있단 말이오. 좀 전에 대상군은 싸워보나마나 이번 전쟁은 반드시 필승이라고 말하였는데, 그것이 풀과 무슨 상관이란 말이오."

그러자 김양이 대답하였다.

"아찬 나으리. 그때 태흔 형은 낭혜화상에게 이렇게 물어보았나이다. 그럼 풀잎 세 개로 제가 무엇을 이룰 수 있겠나이까. 그러자 화상이 무어라고 대답하신지 아시나이까."

김우징은 대답하였다.

"그것을 내가 어찌 알 수 있단 말이오."

기다렸다는 듯 김양은 크게 웃으며 말하였다.

"낭혜화상은 태흔 형에게 풀 셋을 통해 성을 이룰 수 있다 하였나이다. 낭혜화상은 태흔 형에게 '그대는 반드시 무성히 우거진 초목을 거쳐서 성을 이룰 것이다'라고 참언하였나이다. 그러니 나으리, 비록 풀이 우거진다 하여도 그것이 어찌 승(勝)을 이룰 수 있겠나이까. 풀이 우거져봐야 초두로(草頭露), 즉 '풀잎에 맺힌 이슬'이 아니겠나이까. 또한 '성'이란 덕이 밝은 성현을 가리키는 말인데, 전쟁에 있어서는 반드시 이길 '승'이 필요한 것이지, '성'이 필요한

70

것이 아니지 않겠나이까. '성'이란 '불(佛)'에서만 추구하는 것이니, 태흔 형은 반드시 이번 전쟁에서 '초목구후' 할 것이나이다."

초목구후(草木俱朽).

'세상에 알려지지 못하고 허무하게 초목과 함께 썩어 죽어간다'는 뜻으로 김양은 종부형의 운명을 꿰뚫어 보고 있었던 것이다.

"그러므로 아찬 나으리."

김양은 껄껄 소리 내어 웃으며 말하였다.

"싸워보나마나 우리가 반드시 이길 것이라고 신이 말씀드리는 것이나이다. 하늘로부터 풀의 운명을 점지받은 사람이 어찌 전쟁에서 승리를 거둘 수 있겠습니까. 풀잎을 통해 부처를 이룰 수 있다면 몰라도."

"그러하면."

비로소 김양이 크게 웃은 이유를 알아낸 김우징이 다시 물어 말하였다.

"한 가지만 더 묻겠소. 그렇다면 그대의 운명은 무엇이오. 낭혜화상이 찾아간 두 사람에게 한 사람에게만 참언을 내리고, 나머지 한 사람에게는 참언을 내리지 않았을 리는 없을 것이 아니겠소. 그대의 종부형 김흔 공이 풀 셋을 통해 성을 이룰 수 있다 하였으면 그대의 점괘는 과연 무엇이오."

그러자 김양은 다시 껄껄 소리 내어 웃었다. 그리고 나서 말하였다.

"불행하게도 낭혜화상은 신에게는 점괘를 내리지 아니하셨나이다."

"어찌하여 그렇소이까."

"그 무렵 신의 나이 열세 살이었나이다. 미래를 점쳐보기에는 아직 나이가 어리다 하여서 화상께서는 아무런 말씀도 하시지 않았나이다."

과연 그러하였음일까. 낭혜는 김양에게 나이가 어리다고 미래를 점쳐주지 아니하였음일까.

그때 낭혜는 화랑 관창을 빗대어 항의하는 심양에게 전혀 뜻밖의 점괘를 점지해주지 아니하였던가. 세 명의 계집, 즉 간을 통해 세를 얻을 수 있다는 참언을 내리지 아니하였던가.

그때 낭혜화상이 두 형제에게 내린 참언은 그러니까 김흔은 풀잎 세 개를 통해 성불(聖佛)을 이루며, 김양은 계집 셋을 통해 '권세(權世)'를 얻을 수 있게 될 것이라는 내용이었던 것이었다.

그러나 김양은 낭혜화상이 내린 이 점지를 그 누구에게도 입을 열어 발설해본 적이 없었다.

세 명의 계집.

권세를 얻기 위해서는 반드시 거쳐야 할 세 명의 계집. 그 첫 번째는 김우징의 신임을 얻기 위한 아내 사보의 죽음이었다.

그 두 번째는 장보고의 딸 의영과 김우징의 아들 경응과의 혼약을 맺음이니, 나머지 남은 하나의 계집은 과연 누구를 말함이며, 어떤 사건이 생길 것을 의미하고 있는 것인가.

그렇다.

이 비밀이 풀릴 때까지 김양은 그 누구에게도 천기를 누설치 않기로 굳게 맹세하고 있었던 것이다.

다음 날 아침.

김양의 평동군 진영에서 화살 하나가 공산성을 향해 날아들었다.

'가는 대'라고 불리는 세전(細箭).

세전은 전투용 화살이 아니고 적진에 격서를 보낼 때 사용하는 연락용 화살이었다.

공산성을 지키던 관군 하나가 날아든 세전을 받아들었다.

화살 끝에는 붉은 격서가 매여 있었다.

세전을 받은 병졸은 즉시 이를 대아찬 김윤린에게 보고하였다.

보고를 받은 김윤린은 이 화살이 다름 아닌 김양이 대장군인 김흔에게 보낸 전문임을 알 수 있었다.

김윤린은 곧바로 김흔이 머무르고 있는 군막으로 찾아갔다.

"대장군 나으리."

김윤린은 김흔에게 두 손으로 세전을 바쳐 올리면서 말하였다.

"적으로부터 세전이 날아왔나이다."

김흔은 무심코 금빛 꿩 털로 치장된 화살의 깃을 바라보았다.

그 순간 김흔은 그 화살이 다름 아닌 사촌동생 김양으로부터 날아온 전문임을 알 수 있었다.

유난히 화살 쏘기를 즐겨하였던 김양은 항상 자신이 쏘는 화살의 표시로 금빛 나는 꿩 털을 깃으로 사용하고 있음을 잘 알고 있었기 때문이었다. 황금빛의 꿩 털을 금우(金羽)라 하였는데, 김양이 쏘는 금우는 백발백중이었던 것이었다.

김흔은 화살 끝에 꽂힌 격서를 뽑아들었다. 매듭을 풀고 붉은 종이 위에 씌어진 내용을 확인하였다. 격서의 내용은 의외로 간단하였다.

단 한 줄의 문장이었다. 그 문장의 내용은 다음과 같았다.

"이일궤상상하(以一簣長江河)"

문장을 읽는 순간 김흔의 얼굴에는 미소가 떠올랐다. 김흔은 그 내용을 잘 알고 있음이었다. 이는《한서(漢書)》에 나오는 유명한 문장이었다.

《한서》는 중국의 정사인 24사서 중의 하나로 전한의 역사를 기록한 책이었다. 후한의 반표가 착수한 것을 그의 아들 반고(斑固)가 이어 집필하다가 마치지 못하고 죽자 누이동생 반소가 완성한, 최고의 역사서인《사기(史記)》와 쌍벽을 이루는 대표적인 역사서다.

우리나라 역사 연구에도 좋은 자료로 손꼽히는 '조선전', '지리지' 등이 수록된《한서》에는 명문장이 많이 나오기로 유명한데, 격서에 실린 내용도《한서》에 나오는 문장을 이용하였던 것이다.

즉, '한 삼태기의 흙으로는 황하의 물을 막을 수가 없다'는 뜻으로 도도히 흘러가는 역사의 흐름을 일개 인간의 힘으로는 도저히 바꿀 수가 없다는 의미를 담고 있었던 것이었다.

그러므로 결코 이룰 수 없는 불가능한 일을 무모하게 시도하는 사람에게 흔히 사용되고 있던 비유였던 것이었다.

김흔이 미소를 떠올렸던 것은 사촌동생 김양이 어째서 굳이《한서》에 나오는 이 내용을 인용하여 써 보냈는가 하는 이유를 간파하였기 때문인 것이다.

즉, 역사의 흐름은 황하의 물처럼 이미 정해진 길을 따라 도도하게 흘러가고 있는데, 어찌 감히 한 삼태기의 흙으로 막을 수 있겠는가. 이미 천하의 대세는 평동군의 승리로 기울어져 있는데 사촌 형은 어찌하여 스스로 한 삼태기의 흙이 되어 이처럼 무모하고도 어리석은 일을 하고 있소이까 하고 넌지시 의중을 묻고 있는 격서였던 것이었다.

그러나 자신을 한 삼태기의 흙으로 비유한 김양의 마음이 왠지 섭섭하거나 밉지가 않아서 저절로 얼굴에 미소가 떠오른 것이었다.

격서를 받은 김흔은 붉은 종이에 답신을 쓰기 시작하였다. 반드시 적진을 향해 보낸 격서에는 답신을 보내주는 것이 관례였기 때문이었다.

김흔이 쓴 격서 역시 가는 대에 의해서 연귀산에 머무르고 있는 평동군의 진중으로 날아들었다.

화살에 매달린 붉은 빛의 격서를 본 순간 병졸은 이 화살이 전투용 화살이 아니라 서신을 보내는 세전임을 알아차렸다. 즉시 병졸은 세전을 김양이 머무르고 있는 군막으로 가져갔다.

격서를 보내고 나서 초조하게 답신을 기다리고 있던 김양은 병졸이 세전을 가져오자 즉시 화살 끝에 꽂힌 붉은 종이를 풀고 그 안에 쓰인 내용을 확인하여 보았다.

종이 위에는 짤막한 내용의 문장 하나가 쓰여 있었다. 그 내용을 확인한 김양의 얼굴에도 미소가 피어올랐다.

그 내용은 다음과 같았다.

"만절필동(萬折必東)"

이 역시 《한서》에 나오는 유명한 문장 중의 하나인데, '황하는 아무리 곡절이 많이 굽이굽이 흘러가도 반드시 동쪽으로만 흘러간다'는 의미를 담고 있는 문장이었던 것이었다. 즉 나라를 위하는 구국충정과 충신의 절개는 우여곡절에도 불구하고 반드시 동쪽으로 흘러가는 황하처럼 꺾을 수 없다는 의미였던 것이었다.

'한 삼태기의 흙으로는 결코 황하의 물을 막을 수 없다'는 문장을 인용함으로써 역사의 흐름은 결코 인간의 힘으로는 바뀌지 않는다는 김양의 충고를 같은 《한서》에 나오는 문장 '황하는 아무리 굽이굽이 흘러도 반드시 일편단심의 동쪽으로만 흘러간다'는 내용으로 받아들임으로써 국가를 위한 구국충정에는 결코 두 마음이 있을 수 없다는 자신의 속마음을 극명하게 드러내 보였던 것이었다.

"과연 태흔 형님이로군."

내용을 확인한 김양은 자신의 무릎을 내리치면서 감탄하여 말하였다. 그리고 나서 김양은 다시 허공을 향해 세 번을 크게 웃었다.

"어찌하여 크게 웃으십니까."

옆에 있던 정년이 묻자 김양이 웃으며 대답하였다.

"옛말에 이르기를 백년하청(百年河淸)이라 하였소. 이 말은 1백 년을 기다린다 하여도 황하의 누런 흙탕물은 결코 맑아지지 않는다는 뜻이오."

정년도 그 말을 잘 알고 있었다.

일찍이 춘추전국시대 때 정나라는 초나라의 공격을 받아 위기에 빠지게 되었다. 곧 군신들이 모여 대책을 논의하였으나 의견은 초나라에 항복하자는 화친론과 맞서 싸우자는 주전론으로 나뉘게 되었다. 양쪽 의견이 팽팽하게 맞서자 대부인 자사가 말했다.

"주나라의 시에 '황하의 흐린 물이 맑아지기를 기다린다 해도 인간의 짧은 수명으로서는 아무래도 부족하다'는 말이 있듯이 지금 다른 나라의 구원군을 기다리는 것은 '백년하청'일 뿐이오."

백년하청.

그로부터 '아무리 오래 기다려도 불가능한 일은 결코 이뤄지지 않는다'는 성어가 생겨났던 것이었다.

"많은 사람들이 태흔 형님을 총명하고 영민하다고 하였지만 실상 태흔 형은 어리석기 짝이 없는 사람이오. 그는 한 삼태기의 흙으로 황하를 막으려 하고 있을 뿐 아니라 황하의 흐린 물이 가라앉아 맑아지기를 기다리고 있소이다. 과연 1백 년이 지난다 해도 황하의 흐린 물이 맑아지겠소이까."

"결코 황하의 물은 막을 수도, 맑아질 수도 없습니다."

정년이 대답하자 김양은 다시 크게 세 번을 웃고 말하였다.

"자, 이제 때가 왔소이다. 하늘과 땅을 걸고 주사위를 던질 때가 왔소이다. 내 반드시 이번 싸움에서 승리하여 태흔 혓을 사로잡아

비참한 패배를 당한 연후에도 과연 황하가 동쪽으로 흘러가고 있는 지 그 대답을 듣겠소이다."

그리하여 마침내 정월 19일.

우리나라 역사상 유례가 없는 사촌형제끼리의 하늘과 땅을 걸고 주사위를 던져 싸우는 건곤일척의 대회전이 벌어지게 된 것이다.

전쟁의 발단은 전혀 생각지 않았던 엉뚱한 곳에서부터 시작되었다.

신라의 심장부인 서라벌에서 한밤중에 상대등 김귀가 암살된 것이다. 상대등 김귀는 희강왕을 핍박하여 자살하게 하였던 일등 공신으로 김명이 왕위에 오른 뒤에 최고의 권신인 상대등에 임명되었던 핵심인물이었다.

김귀는 그의 대택 내에서 살해되었으며, 그뿐인가. 한밤중에 강무전을 비롯하여 영창궁 등 여러 대궐에서 한꺼번에 불길이 치솟았다. 삼국을 통일한 통일국가답게 화려하고도 장엄하게 지었던 궁궐들이 하룻밤 사이에 잿더미로 변해버린 것이었다.

서라벌에 살고 있던 귀족들은 걷잡을 수 없는 공포에 사로잡혔다. 아직 관군과 평동군의 전면전이 벌어지지 않았는데도 경주는 대혼란에 빠져버린 것이었다.

이는 모두 김양이 사전에 꾸민 심리공작이었다. 김양은 아무래도 5천 명의 군사로서 10만 명의 군사를 대적하는 것은 무리라고 생각하고 있었던 것이다.

그러므로 싸움에 앞서 적정을 교란시키고 혼란에 빠뜨려야만 승리를 거둘 수 있다고 계획을 세웠던 것이었다.

양동작전(陽動作戰).

본디의 목적과는 다른 움직임을 일부러 드러냄으로써 적의 관심을 딴 쪽으로 쏠리게 하여 정세판단을 그르치게 하려는 작전이었던 양동작전을 치밀하게 세워두었기 때문이었다. 적군의 사기를 꺾기 위해서는 무엇보다 심장부인 서라벌을 강타하여 일시에 수습할 수 없는 대혼란으로 빠뜨려야 할 필요가 있었던 것이었다.

이는 모두 정년이 꾸민 작전이었다. 정년은 일찍이 무령군에 종군하고 있을 무렵부터 이사도가 당나라의 조정을 상대로 벌인 게릴라작전을 잘 알고 있었던 것이다.

이사도는 최대의 양곡창고인 전운원(轉運院)을 불 지르고 궁궐에 방화한 후 자객을 보내어 당시 재상이었던 무원형(武元衡)과 배탁(裴度)을 암살하였던 것이다. 적의 배후를 강타한 이 교란작전은 주효하여 곧 민심은 흉흉해지고 군사의 사기는 땅에 떨어져 돌이킬 수 없는 사태를 초래하였던 것이었다.

자신이 직접 장보고와 더불어 이 전쟁에 참전하였던 정년은 양동작전이야말로 5천 명의 군사로써 10만 명의 관군을 무찌를 수 있는 유일한 전술임을 잘 알고 있었던 것이었다.

"나으리."

정년은 김양에게 말하였다.

"옛말에 이르기를 성동격서라 하였습니다. 우리가 승리를 거둘 수 있는 방법은 오직 이 방법뿐이나이다."

성동격서(聲東擊西).

'동쪽을 칠 듯이 말하지만 실제로는 서쪽을 친다'는 뜻으로 상대
방을 기만하여 기묘하게 공략한다는 군사작전의 한 방법이었던 것
이다. 정년의 말은 사실이었다. 정면으로 대치하고 있는 적을 공격
하기 위해서는 배후인 다른 곳에서 요란한 소리를 냄으로써 적의
신경을 다른 곳으로 분산시킬 필요가 있었던 것이었다.

이 교란작전에 투입된 특공대원들은 모두 10여 명. 이 특공대의
수장은 다름 아닌 염장이었다.

일찍이 왕사였던 인용사를 나서는 김명의 수레를 급습하여 타고
있던 김명을 암살하였던 염장. 그러나 실제로 수레에 타고 있던 사
람은 김명이 아니라 인용사의 주지 두광이 아니었던가. 결국 이 실
수로 김명은 자신의 목숨을 노리는 김균정 일파의 정체를 알게 되
었으며, 이로부터 신라의 조정에서는 일찍이 볼 수 없었던 피의 전
쟁, 즉 장미의 전쟁이 시작되지 않았던가.

"나으리."

씻을 수 없는 자신의 불찰을 잘 알고 있었던 염장은 적의 심장부
인 서라벌로 떠나기 전 김양에게 맹세하여 말하였다.

"이번에는 반드시 상대등을 죽이고 그 증거로 그의 모가지를 소
금에 절여 나으리께 가져오겠나이다. 다시는 같은 실수를 절대로
되풀이하지 않을 것이나이다."

결코 같은 실수를 되풀이하지 않겠다는 염장의 맹세는 지켜졌다. 상대등 김귀는 암살되었고, 그의 시체는 목이 잘린 채 발견되었던 것이다. 궁궐들은 하룻밤 사이에 잿더미가 되어버렸고, 서라벌은 걷잡을 수 없는 공포에 휩싸이게 되었다.

거의 동시에 봉수대에서는 검은 연기가 솟아올랐다.

일거 이거 연이어 다섯 거가 한꺼번에 봉수되자 관군이 패퇴하였음을 안 성민들은 우왕좌왕하였다.

봉수대에서 피어오른 연기를 신호로 평동군은 북을 치면서 적진을 향해 진격하였다. 평동군은 여섯 명의 장수가 이끄는 기병들로 동서남북으로 나뉘어 일시에 쳐들어가니, 김흔이 이끄는 관군은 속수무책이었다.

이때의 기록이 《삼국사기》에 다음과 같이 나와 있다.

…… 왕의 군사가 패하여 달아나니 생포와 참획은 이루 말할 수 없었다. 김양의 군사가 이처럼 한 번 싸워 크게 이기니, 왕군의 사자가 반수 이상이었다.

그러나 김양은 여섯 명의 휘하 장수들에게 반드시 엄수해야 할 한 가지의 명령을 미리 내려놓고 있었다. 《삼국사기》에 나와 있는 대로 적군들은 얼마든지 죽이고 참할 수 있었지만 단 한 사람만은 절대로 죽이지 아니하고 반드시 생포해야 한다고 다짐을 해놓고 있었던 것이다.

"반드시 생포해야 할 뿐 아니라 털끝 하나라도 다쳐 상처를 입힌다면 내 반드시 군법으로 그 죄를 엄중히 물을 것이다."

김양이 내린 지상명령. 털끝 하나라도 다치게 한다면 군법으로 엄중히 다스리겠다고 못 박은 사람은 다름 아닌 관군의 대장군인 사촌 형 김흔이었던 것이었다.

따라서 기묘한 전쟁이 벌어진 셈이었다. 무참하게 살육되는 아비규환 속에서도 단 한 사람만은 털끝 하나 다치지 아니하고 생포해야 하는 전쟁. 따라서 후세 사람들은 이 전쟁을 차전차주의 싸움이라고 불렀다.

차전차주(且戰且走).

이는 '한편으로는 싸우면서도 또 한편으로는 달아난다'는 뜻을 지닌 단어였던 것이다.

어쨌든 이 달벌의 전투에서 5천 명의 평동군은 빛나는 승리를 거뒀다. 10만의 군사들은 반 이상 죽고, 반수는 체포되었다. 적장 김윤린과 김의훈은 전투 중에 비참하게 살해당하고, 대장군 김흔은 김양이 내린 지상명령대로 털끝 하나 다치지 아니하고 생포되었다. 자신의 군사가 패배하였음을 알고 자살하려 하였으나 미처 자진하기 전에 정년에게 생포되었던 것이었다.

이때의 기록이 《삼국사기》에 다음과 같이 나와있다.

…… 군사 10만 명을 거느리고 대구에서 청해진의 군사를 방어하다
가 패전하였다. 자신이 패배하고 또 진중에서 죽지 못하였다고 해서
다시는 벼슬하지 않고 소백산중으로 숨어들어갔다.


김흔이 사로잡혔다는 소식을 들은 김양은 그를 자신의 군막으로
데려오라고 명령하였다. 부하들이 김흔의 몸을 밧줄로 꽁꽁 묶어
압송하여오자 김양은 불같이 화를 내면서 말을 하였다.

"내가 고이 모셔오라고 하였지, 밧줄로 묶어오라고 말했더냐."

김양은 스스로 밧줄을 풀어주면서 말하였다.

"태흔 형님, 실로 오랜만입니다. 옛말에 이르기를 '이 세상에 누
구라 해도 형제가 제일 좋구나. 궂은 일 초상이라도 형제가 서로 생
각하고 벌판에 송장이 돼도 형제가 서로 찾아다닌다' 하였는데, 이
게 어찌 된 일입니까. 무간지옥의 전쟁터에서 형님을 만나게 되다
니요."

김양의 말은 《시경(詩經)》에 나오는 말이었다.

《시경》은 중국 최고의 시집이며, 유가 경전 중의 하나인데, 김양이
굳이 김흔에게 《시경》에 나온 시를 한 수 인용하였던 것은 일찍이 화
랑시절 김흔이 김양에게 이렇게 물어보았던 적이 있었기 때문이었다.

"내가 만약 싸움 중에 죽어 벌판에 송장으로 누워있다고 하더라
도 네가 반드시 나를 찾아줄 수가 있겠느냐."

김흔의 질문은 《시경》에 나오는 '벌판의 송장이 되어도 형제는

서로 찾아다니네(原隰屍矣 兄弟求矣)'의 문장을 빌려온 것이다.

"태흔 형님과 약속하였던 대로 아우인 제가 형님의 송장을 이처럼 찾아왔나이다."

껄껄 웃으며 김양이 말하자 김흔이 침묵 끝에 말을 받았다.

"송장이 되지 못하고 산송장으로 산 채로 잡혔으니, 내가 어찌 패한 장수로서 입을 열어 말할 수 있겠는가."

"그러면 태흔 형에게 내가 한 가지 묻겠소이다. 여전히 황하는 곡절이 많이, 굽이굽이 흘러가도 반드시 동쪽으로만 흘러가나이까."

참으로 짓궂은 질문이었다. 전쟁 전에 김양이 격서에 실어 보냈던 '한 삼태기의 흙으로는 황하의 물을 막을 수 없다'는 전언에 답신으로 보내왔던 김흔의 격문 '만절필동(萬折必東)'에 대한 질문을 새삼스럽게 던져 보인 것이었다. 그러자 김흔이 대답하였다.

"옛말에 이르기를 '망국의 신하는 감히 정사에 대하여 말하지 못하고, 패군의 장수는 감히 용맹에 대해서는 말하지 않는다'고 하였소이다. 이제 나는 망국의 신하에다 패군의 장수가 되었는데, 어찌 입을 열어 말할 수 있겠소이까."

김흔의 말은 《오월춘추(吳越春秋)》에 나오는 범어의 말. "亡國之臣 不敢語政 敗軍之將 不敢語勇"을 인용하였던 것이다. 그러자 김양이 말하였다.

"그렇지 않소이다, 태흔 형. 옛 위나라의 현인 백리해(百里奚)는 위나라에 있을 때에는 나라가 망했으나 진나라로 갔을 때에는 진나라의 패자가 되었다고 들었소이다. 그것은 백리해의 능력이 달라진 것이 아니라 위나라가 그를 푸대접하였을 뿐 아니라 정도를 걷지 않는 나라였기 때문이었소이다. 이제 썩은 조정은 망하고 옛것은 제거하고 새것을 펴고 원수를 갚고 수치를 씻을 새 세상이 열리게 되었으니, 이는 백리해가 진나라에 가서 뜻을 펴는 것과 마찬가지일 것입니다. 하오니 형님, 우리 형제 힘을 합쳐 나아갑시다."

김양의 말에 김흔이 소리쳐 말하였다.

"어찌하여 위혼이 자네는 이미 죽은 죄인의 관을 쪼개어 시신의 목을 베려 하는가."

부관참시(剖棺斬屍).

큰 죄를 지은 죄인에게 사후에 내리는 형벌. 이미 죽어 관 속에 들어있는 시신의 목을 베어내는 극형. 김흔은 설득하는 김양의 말에 단호하게 답변함으로써 자신의 결연한 의지를 드러내 보인 것이었다.

"그대가 나의 형제라면 나를 명예롭게 죽이는 것이 진정한 도리라고 생각하고 있소이다."

김흔의 말에 김양은 껄껄 웃으며 말하였다.

"이미 죽어 관 속에 묻힌 송장이라고 스스로 말씀하시면서 어찌하여 또다시 죽기를 바라십니까."

김양은 주위를 돌아보며 말하였다.

"좋습니다. 환을 가져오너라."

그러자 정년이 김양이 쓰는 각궁과 전통을 가져왔다. 김양은 전통에서 화살을 한 대 뽑아들었다. 김양의 활솜씨는 신출귀몰하여서 쏘면 쏘는 것마다 백발백중이었다. 반드시 생포하라는 지상명령으로 간신히 살린 종부형 김흔을 화살을 쏘아 죽이는가 지켜보는 사람들은 마음이 조마조마하였다.

"옛날 위나라의 유공지사(庾公之斯)는 명궁이었으나 자신의 스승을 죽일 때에는 이렇게 말하였습니다. '저는 차마 선생님이 가르친 궁도를 가지고 도저히 선생님을 해칠 수가 없습니다. 그러나 오늘의 일은 국군(國君)의 공사(公事)인 만큼 제가 감히 그만둘 수는 없습니다.' 마찬가지로 저는 차마 태흔 형님을 해칠 수는 없습니다. 그러나 오늘의 일은 사사로운 형제의 일이 아니라 국가의 공적인 일인 만큼 저도 감히 그만둘 수는 없습니다."

김양은 화살을 들어 활의 절피 부분에 밀어 넣었다. 그리고 한껏 활시위를 잡아당겼다.

활은 정면으로 김흔의 몸을 겨냥하고 있었다. 그러나 김흔은 앉은 자세에서 미동도 하지 않았다.

한껏 잡아당긴 시위 줄이 '팽' 하는 소리와 함께 화살은 김흔의 몸을 향해 날아갔다. 그러나 활은 김흔의 몸에 내리꽂히지 않고 튕겨 나갔다.

곁에 있던 정년이 튕겨나간 화살을 주워 살폈다.

화살에는 촉쇠가 없는 빈 화살뿐이었다. 쏘기 전에 김양은 살 끝을 두드려 촉쇠를 빼버리고 빈 화살을 쏜 것이었다. 김양이 쏜 빈 화살은 차마 스승을 죽일 수도 없고, 그렇다고 국가의 공사를 모른 체할 수도 없었던 명궁, 유공지사가 스승을 향해 빈 화살을 쏘아 날린 것을 그대로 모방한 것이었다.

사촌 동생 김양이 날린 빈 화살을 맞고 살지도 죽지도 않은 중음(中陰)이 되어 김흔은 그대로 산중으로 들어간다. 김흔이 들어간 산은 소백산으로 《삼국사기》에는 이때 상황을 다음과 같이 기록하고 있다.

자신이 패하고 또 진중에서 죽지 못하였다고 해서 다시는 벼슬하지 않고 소백산중으로 들어가 갈의(葛衣), 소식(蔬食)으로 중들과 함께 놀았다.

이때의 김흔을 최치원은 '산중재상(山中宰相)'이라고 표현했을 정도로 당당하고 유유자적하였는데, 어느 날 김흔은 자신의 짚신을 물끄러미 바라보다가 갑자기 땅을 치면서 크게 웃었다. 이 모습을 본 정명부인이 '어찌하여 크게 웃으십니까' 하고 묻자 김흔은 이렇게 대답하였다.

"내가 문득 짚신을 보니 떠오르는 생각이 하나 있어 크게 웃었소이다. 짚신은 초혜(草鞋)라고 부르지 않소이까. 그런데 내가 입은 옷도 갈이이고, 지금 먹고 있는 반찬도 온통 푸성귀뿐인 소식이며, 내가 자는 곳도 초가이니 내가 먹고 자고 입는 것 모두 풀초뿐이외다."

그러고 나서 김흔은 웃으며 말을 이었다.

"일찍이 내가 18세였던 화랑시절 한때 부석사에 머무르고 있었던 낭혜화상을 찾아가 내 운명에 대해 점지받은 적이 있었소이다. 그때 낭혜화상은 내게 반드시 풀초 세 개를 거쳐 성을 이루게 될 것이라고 말하였소이다. 그땐 내가 그 참언의 뜻이 무언지 몰라 지금도 잊고 있었는데, 보다시피 가죽신 대신 짚신을 신고, 비단옷 대신 갈의를 입고 맛있는 진수성찬의 고기반찬 대신 푸성귀를 뜯으며 고대 황실이 아닌 초가집에서 살고 있는 지금 이 순간 문득 낭혜화상의 점괘가 어찌 그처럼 신통하게 들어맞을 수 있는가 하고 크게 놀랐기 때문에 내가 웃은 것이었소. 부인."

그러고 나서 김흔은 이렇게 말하였다.

"내 비록 세속에 있어 권세는 얻지 못하였을지라도 이처럼 초야에 있어 성을 얻을 수 있다니 더 이상 바랄 것이 무엇이겠소이까."

"산중에서 중들과 함께 놀았다"는 《삼국사기》의 기록처럼 김흔은 깊은 산중에서 승려처럼 여생을 보냈다.

특히 자신에게 "풀초 세 개를 통해 성(聖)을 이룬다"는 참언을 내린 낭혜화상과는 말년에 이르러 극적으로 상봉하게 되는데, 일찍이 중국의 사신으로 갈 때 당은포에서 함께 태워준 낭혜화상이 23년 만에 당나라에서 돌아오자 낭혜화상에게 자신의 봉토 안에 있던 절 성주사(聖住寺)를 맡아달라고 부탁하는 것이다.

지금도 충남 보령에 남아 있는 구산 선문 중의 하나인 성주사를 '동방의 대보살'이라고 불리던 낭혜화상이 맡아 주석하게 된 데에는 이와 같은 김흔과 낭혜화상의 질긴 숙세의 인연 때문인 것이다.

이에 대해 최치원은 '백월보광탑비'에서 다음과 같이 기록하고 있다.

…… 낭혜화상이 이에 북쪽으로 나아가서 종신토록 몸 부칠 곳을 찾아다녔다. 그때 마침 왕자 김흔은 벼슬에서 물러나 소위 은거하면서 산중의 재상처럼 지내고 있었는데, 우연히 만나 바라는 바가 일치했다.

김흔과 낭혜화상의 인연에 대해 최치원은 다음과 같이 계속 기록하고 있다.

김흔이 낭혜화상에게 말하기를 "저는 스님과 함께 용수(龍樹)를 조상으로 하고 있는데, 스님은 안팎으로 모두 용수의 자손입니다. 참으로 놀라워 저로서는 감히 미칠 바가 못 됩니다.

그러나 바다 밖에서 함께 했던 일이 있으니 결코 인연이 얕다고 할 수는 없을 것입니다(당나라의 사신으로 가는 김흔에게 간청하여 낭혜가 배를 타고 중국으로 건너갔던 인연).

지금 웅천주 서남쪽에 절이 하나 있는데, 이곳은 나의 조상인 임해공(臨海公)에서 봉토로 받은 셧입니다. 그 사이 커나단 불이 일어나

사찰이 반쯤은 재가 되어 버렸으니, 자비롭고 현명한 분이 아니라면 누가 이 절을 다시 일으켜 세울 수 있겠습니까. 부디 이 부족한 사람을 위해서 머물러 주시기를 바랍니다"라고 하였다. 대사는 대답하기를 "인연이 있으면 머물게 되겠지요"라고 하였다. 대중(大中, 847~859) 초에 비로소 그곳에 가서 머물기 시작하면서 말끔히 성비하였던 바 얼마 지나지 않아 도는 크게 행하여지고 절은 크게 번성하였다.

한편 김흔이 이끄는 관군 10만 명을 무찌르고 크게 승리한 평동군은 그 길로 심장부인 서라벌로 진격하였다.

이때 김명은 서교에 있는 큰 나무 밑에 서 있었는데, 당장 적이 서라벌에 밀어닥친다는 말을 듣고 모든 근신들이 다 도망쳐버리고 마침내 왕 혼자서만 남게 되었다.

"게 누구 없느냐."

김명은 주위를 돌아보며 소리쳐 불러보았다. 그러나 아무도 곁에 남아 있는 사람이 없었다. 하는 수 없이 김명은 별궁의 하나인 월유택(月遊宅)으로 숨어 들어갔다. 월유택은 임금이 한여름 별장으로 사용하던 이궁중의 하나였다.

"게 누구 없느냐."

김명은 침통한 목소리로 소리쳐 불러보았다.

이 궁을 지키던 궁녀 하나가 몸을 떨면서 나타났다.

"다들 어디로 가버렸느냐."

왕이 묻자 궁녀가 대답하였다.

"환란이 닥쳐왔는데 도망가지 않을 사람이 어디 있겠나이까."

"물을 한 잔 가져다줄 수 있겠느냐."

궁녀가 물을 뜨러 간 사이에 병사들이 들이닥쳐 임금을 참하였다. 김명은 물 한 잔을 마셔 갈증을 해소할 겨를도 없이 비참하게 살해되었다.

이때의 장면이 《삼국사기》에 다음과 같이 간략하게 기록되어 있을 뿐이다.

이때 왕은 서교 큰 나무 밑에 있었던 바 좌우 근신들이 다 달아나므로 혼자 서서 어찌할 바를 모르고 있다가 월유택으로 달려 들어오니 김양의 군사가 왕을 찾아 살해하였다.

이로써 김명은 왕위에 오른 지 불과 1년 만에 비참하게 시해되었던 것이다.

곧 서라벌을 평정한 김양은 김명의 시신을 찾아오도록 명하였다. 병사들이 온 궁궐을 불태웠으나 다행히 김명의 시신은 반쯤 불에 탄 채 발견되었다.

그러나 어쨌든 김명은 왕이었으므로 군신들이 군왕으로서의 예를 갖추고 장사를 지내는데, 시호를 민애(閔哀)라 하였다.

오늘날 경주에는 민애왕의 능이라고 전해지는 무덤 하나가 남아 있는데, 다른 왕릉과는 달리 초라하기 이를 데 없는 봉토분에 불과하다.

그보다도 놀라운 것은 동화사(桐華寺)에 있는 삼층석탑 1층의 탑신 속에서 민애대왕 석탑 사리호(舍利壺)가 발견된 것이다.

민애왕이 불행하게 죽은 뒤 24년 후인 823년. 경문왕(景文王)이 탑을 세우고 그 탑 안에 넣었다는 명문이 새겨진 사리함에는 불행하게 죽은 김명의 유골이 담겨 있었을 것으로 추정되나 지금은 모두 사라져버리고 오직 몇 자의 명문만 남아 권세의 무상함을 전하고 있을 뿐이다.

민애왕이 죽은 후 김양은 좌우장군을 명하여 기사를 거느리고 마침내 왕성을 수복하였다.

이때 김양은 백성들에게 다음과 같이 말하였다고 《삼국사기》는 기록하고 있다.

본래 원수를 갚으려 한 것이므로 지금 괴수가 죽었으니, 의관(衣冠, 상류층 귀족) 사녀들과 백성들은 각각 편안히 거처하여 경거망동하지 말지어다.

김양의 군사가 서라벌을 수복하면 잇따른 보복과 잔인한 복수가 시작될 것을 두려워하고 있던 귀족들은 김양의 말에 일차 안도하였다.

실제로 배훤백이 잡혀왔을 때 보인 김양의 행동은 귀족들의 마음을 더욱 안심시켰던 것이었다.

배훤백은 김명의 심복부하로 일찍이 김명의 무리들이 적판궁으로 쳐들어와 김균정을 살해할 때 숙위하던 김양을 쏘아 다리를 맞췄던 적장이었던 것이다.

그런 철천지 원수인 배훤백이 잡혀왔음에도 불구하고 김양은 웃으며 이렇게 말하였다.

"옛말에 이르기를 '척구폐요'라 하였다. 즉, 도척이 기르는 개는 요임금 같은 성인을 보고도 짖는다는 뜻이다."

김양이 말하였던 척구폐요(跖狗吠堯)는 《삼국사기》에 나오는 말로, 사람은 각기 자신의 상전을 위해 선악을 가리지 않고 충성을 다함을 비유한 것이었다. 그러고 나서 김양은 배훤백에게 다시 말하였다. 그 말의 내용이 《삼국사기》에 다음과 같이 나와 있다.


개는 제각기 주인이 아닌 다른 사람에게 짖는 것이다. 네가 너의 주인을 위해 나에게 활을 쏘아 쓰러뜨렸으니 너는 의사(義士)다. 내가 괘념치 아니할 것이니, 너는 안심하고 두려워하지 말지어다.


김양은 그대로 배훤백에게 다시 말하였다.

"자, 이제 주인은 죽었으니, 이제 너는 누구를 따라 충성을 보일 것이냐."

그러자 배훤백이 눈물을 흘리면서 말하였다.

"여부가 있겠습니까. 신에겐 오직 나으리뿐이나이다."

이 모습을 보고 '배훤백이 저러하니 다른 사람들이야 무엇을 근심하리오' 하면서 감동하며 기뻐하지 않는 사람이 없었다고 《삼국사기》는 기록하고 있는데 이는 모두 민심을 자신의 편으로 돌리려는 고도의 심리전 덕이었다.

이미 김명이 죽고 원수를 갚았으므로 더 이상의 복수는 필요없고 오직 발 빠른 민심 수습책만이 필요하다고 생각했기 때문이었다.

그러나 김양은 자신의 장인이었던 이홍에 대해서는 냉정하였다. 배훤백의 목숨을 살려주었다는 말을 들은 이홍은 은밀히 사람을 보내 한때 자신의 사위였던 김양에게 구명을 선처하였다. 그러나 김양은 이를 단호하게 물리치고 말하였다.

"배훤백이 화살을 쏘아 내 다리를 맞춘 것은 도척이 기르는 개가 자기의 상전을 위해 성인을 보고 짖는 것과 마찬가지지만 이홍이 나를 죽이려 하는 것은 천하의 권세를 얻기 위함이었소이다. 그러므로 이홍은 마땅히 자신이 섬기던 주군을 따라 목숨을 버려야 할 것이오."

이 말을 전해들은 이홍은 화를 두려워하여 처자를 버리고 산림으로 도망가 숨었다고 《삼국사기》는 기록하고 있다.

그리하여 마침내 4월.

궁궐을 깨끗이 하고 시중 김우징을 맞아 즉위케 하니, 이 이가 곧 신라 45대 왕인 신무왕(神武王)이었다.

이때가 839년 4월.

《삼국사기》는 이 상황을 다음과 같이 짤막하게 기록하고 있다.

신무왕이 즉위하였다.

위는 우징이니, 원성대왕의 손자인 상대등 김균정의 아들이요, 희강왕의 종제였다. 김양과 예징 등이 이미 궁궐을 확청한 후 왕을 맞아 즉위하게 한 것이다.

제 2 장

암중모색 暗中摸索

신무왕(神武王) 원년 4월. 서력으로 838년.

청해진 대사 장보고는 왕위에 즉위한 김우징의 부르심을 받고 경주로 입성하였다. 장보고가 아니었다면 온전히 목숨을 부지할 수 없었으며, 장보고가 없었다면 임금과 애비의 원수를 갚고 왕위에 오르지 못하였음을 잘 알고 있었던 김우징은 신무왕으로 왕위에 오르자마자 우선 장보고를 공신으로 맞아들였던 것이었다.

장보고로서는 10년 만의 입경이었다.

10년 전 흥덕왕 3년 봄.

장보고는 생전 처음 왕경에 입성하여 청해진 대사를 제수받았던 것이었다.

말 위에 올라 왕궁으로 다가가는 장보고의 마음은 만가지 상념으로 흔들리고 있었다. 정확히 10년 만에 똑같은 봄날 대왕을 배알하기 위해서 주작대로를 가고 있었으나 그새 쉴새없는 피의 전쟁으로 세 번이나 왕권이 바뀌고, 세 번이나 새 임금이 즉위하였던 것이었다. 서로 죽고 죽이는 피의 전쟁은 마침내 김우징의 승리로 끝이 났으며, 장보고는 이제 한갓 청해진의 대사가 아닌 국가의 일등공신으로 입조하고 있었던 것이었다.

신무왕은 장보고가 입궐하자 친히 어좌에서 내려와 장보고를 맞아들이며 말하였다.

"어서 오시오, 장 대사."

왕궁에는 김양을 비롯한 모든 문무백관들이 참석하고 있었으나 친히 어좌에서 내려와 장보고를 맞이하는 왕의 행동을 저지할 수는 없었다. 그들도 모두 이번 전쟁의 승리는 전적으로 장보고의 병력에 의해서 이루어진 것이라는 것을 잘 알고 있었기 때문이었다.

장보고가 몇 번을 사양하였으나 신무왕은 장보고를 어좌 곁에 앉게 한 다음 직접 이렇게 말하였다.

"이 몸이 생불여사의 주검에서 일어나 이처럼 기사회생할 수 있었던 것은 오직 장 대사가 베풀어준 큰 공덕 때문이었소이다."

그러고 나서 신무왕은 교서를 내려 장보고에게 새로운 벼슬을 하사하였는데, 그것은 감의군사(感義軍使)라는 직책이었다. 《삼국사기》에 의하면 이와 동시에 식읍(食邑) 2천 호를 봉하였다고 하였으나 감의군사라 함은 일찍이 볼 수 없었던 모든 군사를 통괄하는 별직이었던 것이었다.

장보고는 신무왕 앞에서 무릎을 꿇고 감의군사를 제수받음으로써 청해진의 대사에서 모든 국가의 군사를 통괄하는 총사령관으로 임명되었던 것이었다.

이 모든 의식이 끝난 후 장보고는 품속에서 물건을 하나 꺼내들고 말하였다.

"대왕마마, 신 장보고는 대왕마마의 뜻을 받들어 이것을 소중히 보관하여 가져왔나이다."

"그것이 무엇인가."

신무왕이 묻자 장보고는 두 손으로 왕에게 그 물건을 바쳐 올렸다. 내관 하나가 대신 그 물건을 받아들었는데 그것은 예서였다.

일찍이 평동군을 출전시키기 전에 김양을 시켜 보내온 혼인서약서로 용봉예서였던 것이었다.

"대왕마마로부터 용봉예서를 받았사오나 이에 대해 감히 말씀드리지 못하였던 것은 그동안 나라안팎이 전란에 휩쓸려 혼란 중이었기 때문이었나이다. 그러나 이제 전쟁이 끝나고 태평성대가 왔으므로 신 장보고는 이렇게 서장을 바쳐 올리나이다."

장보고가 바쳐 올리는 예서는 붉은 끈으로 묶여 있었다. 예서는 보통 붉은 끈으로 묶여 있게 마련인데, 이 붉은 끈으로 매듭을 지어 답서로 보내는 것은 청혼을 기꺼이 받아들이겠다는 뜻이었던 것이었다.

적승계족(赤繩繫足).

이는 붉은 끈으로 발을 묶는다는 뜻으로 혼인을 결정한다는 무언의 혼약이었던 것이었다. 이는 당나라의 위고(韋固)가 달빛 아래에서 이인을 만나 그가 가지고 있는 주머니 속의 붉은 끈에 대해 물으니 그가 이렇게 대답하였던 데서 비롯되었다.

"이것으로 남녀의 발목을 묶으면 비록 원수의 집안사이라 할지라도 혼인이 이루어진다 하여서 적승계족이라 하나이다."

장보고의 말은 그러므로 대왕이 보낸 용봉예서를 붉은 끈으로 매듭지어 보냈으므로 청혼을 받아들이겠다는 뜻을 내포하고 있었던 것이었다.

그러자 신무왕이 크게 웃으며 말하였다.

"고맙소이다. 장보고 대사 그대가 청혼을 받아들였으니, 이제 대사는 나라의 아버지 국구가 된 것이오."

국구(國舅).

이는 왕비의 아버지를 뜻하는 말로 곧 국가의 아버지를 가리키는 뜻이기도 하였다.

"이제 내 나이가 늙어 이미 늙고 병든 노마(老馬)에 불가하나 일찍이 그대와 약조하였으니, 어찌 이를 불가하다고 할 수 있을 것인가. 내 마땅히 그대의 딸을 측실로 삼을 것이오."

장보고의 딸을 계비(繼妃)로 삼겠다는 대왕의 말은 곁에 서서 이를 경청하고 있던 김양의 가슴에 화살처럼 내리박혔다.

큰일 났다.

김양은 순간 가슴이 철렁하였다.

물론 대왕과 장보고의 가문 사이에 혼약을 맺도록 주선한 사람은 다름 아닌 김양 자신이었다. 그러나 그것은 어디까지나 천하쟁패를 앞둔 시점에서 장보고의 막강한 힘을 빌려오려는 책략에 불가하였던 것이었다.

정략결혼.

장보고와 강력한 군사적 동맹을 맺고 용의 눈에 눈동자를 그려 넣기 위해서 선택했던 마지막 방편이 아니었던가. 그러나 이제 목적했던 대로 원수를 갚고, 빛나는 승리를 거둔 것이다. 그러므로 이제 더 이상 장보고의 군사적 힘은 필요치 않은 것이다. 아니 오히려 장보고의 강력한 군사적 힘은 자신의 입신에 걸림돌이 되어버린 것이다.

그럼에도 불구하고 대왕은 장보고에게 감의군사의 별정지위를 제수함으로서 전군을 통솔할 수 있는 총사령관에 임명하였을 뿐 아니라 장보고의 딸을 왕비로 맞아들임으로서 장보고를 국가의 아버지로 인정해 주고 있는 것이다. 이렇게 된다면 자신은 무엇인가.

그날 밤.

김양은 은밀히 자신의 집으로 예정을 불러들였다. 예정은 김양과 더불어 평동군을 지휘하여 함께 관군을 토벌하였던 핵심인물이었다.

대왕위에 오른 김우징의 아버지, 김균정의 매서(媒壻)로서 그 또한 관군을 토벌하는 데 앞장섰던 일등공신이었던 것이었다.

한밤중에 은밀하게 사람을 보내어 자신을 부르자 예징은 김양에게 물어 말하였다.

"어인 일로 이 야심한 밤에 나으리께오서 신을 부르셨나이까."

예징은 원래 김양보다 나이도 많고, 일찍부터 아찬위에 올랐던 귀족 중의 귀족이었다. 그러나 김양이 평동군에 대장군으로서 선봉에 서서 관군을 평정한 이후에는 천하의 권세가 이미 김양에게 돌아갔음을 알고 김양을 상전으로 모시고 있었던 것이었다. 아직 김양은 아무런 농공행상을 받지 않았지만 미구에 신무왕으로부터 최고관직인 상대등에 오를 것이 분명하였던 것이었다.

그러나 김양이 웃으며 말하였다.

"술이나 한 잔 마시면서 세상 돌아가는 이야기나 하려고 부른 것이오."

이미 술상은 차려져 있었다.

김양이 먼저 술잔을 따르고 나서 두 사람은 권커니잣커니 하면서 곧 취기가 오르기 시작하였다. 한참 주흥이 무르익었을 무렵 문득 김양이 입을 열어 말하였다.

"아찬 나으리께오서는 공휴일궤(功虧一簣)라는 말을 알고 계십니까."

밑도 끝도 없는 질문이었지만 예징이 선뜻 대답하였다.

"알고 있나이다. 흙을 돋우어 산을 만들 때 높이 쌓았다 하더라도 한 삼태기의 흙이 모자라 산이 무너질 수도 있다는 말이 아니나이까."

"그렇소이다. 잠깐의 사소한 방심으로 인하여 다 된 일이 실패로 돌아간다는 뜻이지요."

"《서경(書經)》의 '여오(旅獒)'에 나오는 말이 아니던가요."

김양은 고개를 끄덕이고 나서 다시 술 석 잔을 마실 때까지 아무런 말도 하지 않았다. 불쑥 뜻 모를 이야기를 던지고 나서 침묵을 지키자 예징이 먼저 입을 열었다.

"갑자기 이처럼 뜻 모를 말씀을 던지시니 도대체 무슨 일이시나이까."

그러자 묵묵히 술을 마시던 김양이 대답하였다.

"잘 아시다시피 무왕(武王)은 은나라를 멸망시키고, 주(周)왕조를 열고 나서 얼마 후 주의 위세가 나날이 떨치게 되자 변방의 여러 만족들이 공물을 헌상했소이다. 그중에 여라는 나라로부터 오란 진귀한 개 한 마리가 헌상되었소이다. 오는 키가 4척에 이르는 큰 개로서 사람의 뜻을 잘 알아듣고 사람과 대화까지 나눌 수 있는 영물이었소. 이 무왕은 이 선물을 받고 크게 기뻐하였소이다. 그것을 본 아우 소공(召公)이 그 따위 것에 마음을 빼앗겨서 정치를 소홀히 하면 안 된다고 무왕에게 간하였소이다. 이때 소공이 주왕에게 한 충고의 말을 잘 아시겠죠."

"물론입니다."

예징이 대답하였다.

"완인상덕 완물상지(玩人喪德 玩物喪志). 즉 '사람을 희롱하면 덕을 잃고 물건을 희롱하면 뜻을 잃는다'라고 하였습니다. 그러고 나서 다음과 같이 노래하였지요.

'아아, 어찌 밤낮으로 덕에 뜻을 두지 않을손가.

작은 일이라도 한가지 잃는다면

끝내 대덕(大德)은 이루지 못하니

산을 만드는데, 구인(九仞)의 공을

한 삼태기의 흙으로 무너트린다.'

묵묵히 듣고 있던 김양이 고개를 끄덕이며 말하였다.

"그렇소이다."

김양이 맞장구를 치며 대답하였다.

"소공의 말처럼 산을 만드는데 아홉 길의 높이까지 이르렀다고 하더라도 얼마 안 되는 한 삼태기의 흙이 부족하면 산이 완성되지 못하듯이 왕조창업의 위대한 공적도 단지 한 마리의 개의 말에 빼앗겨 잠깐 방심하면 그르칠 수 있다는 것을 깨우친 노래였소이다. 그러니 아찬 나으리, 어떻소이까. 우리들이 군사를 일으켜 원수를 갚고 왕조에 개혁을 단행하였다 하더라도 이는 아직 시작에 불과하고 산을 만드는 데 겨우 다섯 길의 높이밖에 쌓지 못하였습니다. 그런데 아직 수많은 흙이 더 필요함에 있어 대왕마마가 즐겨 한 개에 마음을 빼앗겨서는 안 되지 않겠습니까."

"물론입니다."

예징은 무릎을 치면서 대답하였다. 예징은 김양이 무엇을 말하려 하는지 그 속마음을 이미 꿰뚫고 있었던 것이었다.

진귀한 개.

대왕마마가 마음을 빼앗기고 있는 진귀한 개. 그것은 바로 장보고를 말하고 있음이 아닐 것인가.

장보고.

그들이 전적으로 장보고의 군사를 빌려 마침내 원수를 갚을 수 있었다 하더라도 아직 산은 이루어지지 않은 것이다. 이러할 때 대왕마마는 감의군사이란 직책을 제수하고 더구나 장보고의 딸과 혼약을 맺음으로서 장보고의 딸을 차비로 맞으려 하고 있는 것이다. 이렇게 된다면 천하의 권세는 장보고에게 돌아갈 것이고, 왕위에 새로 오른 신무왕은 허수아비의 가왕(假王)이 되어버릴 것이다. 장보고가 왕비의 아버지가 된다면 장보고는 부원군(府院君)이 되어버릴 것이 아닌가.

"하오니 이를 어찌하면 좋겠습니까."

김양이 탄식하며 물어 말하였다.

잠시 무거운 정적이 흘렀다. 긴 침묵 끝에 마침내 예징이 입을 열어 말하였다.

"방법이 없는 것은 아니나이다."

"그것이 무엇이나이까."

"대왕마마와 장보고 대사와의 혼약을 파기하는 것입니다."

예징이 대답하자 김양이 단호한 표정으로 예징을 바라보며 말하였다.

"그것은 불가한 일이나이다. 대왕마마께오시는 이미 장보고 대사에게 용봉예서를 보내심으로서 청혼을 하셨나이다. 그러므로 이는 국사이므로 혼약을 함부로 깨뜨릴 수는 없는 것이나이다."

"하오나 대왕마마께오서는 이미 정비가 계시지 않습니까."

예징의 말은 사실이었다. 대왕에게는 이미 정계(貞繼)라는 아내가 있었으며, 왕비에 오른 뒤에는 이 여인을 정종태후(定宗太后)라고 명명하고 있었던 것이었다.

"허지만 차비로 맞아들인다 함은 아무런 문제가 없지 않소이까."

김양이 묻자 예징이 대답하였다.

"허지만 대왕마마께오서는 연로하셔서 벌써 마흔여섯이 되셨소이다."

"그 또한 무슨 문제가 있겠습니까."

"나으리"

예징은 웃으며 말하였다.

"대왕마마께서는 세자가 있지 않으십니까. 대왕마마의 왕비가 되지 못한다 하더라도 세자비를 삼을 것을 약조하신다면 장보고 대사도 이를 마다하지는 않을 것입니다."

예징의 말 또한 사실이었다.

신무왕에게는 경응(慶膺)이란 아들이 있었으며, 왕위에 오르자마자 경응을 세자로 삼았던 것이었다. 이에 대한 기록이 《삼국사기》에 다음과 같이 기록되어 있다.

신무왕은 왕위에 즉위한 후 자신의 할아버지인 예영을 추존하여 혜강대왕(惠康大王)이라 하고, 아버지 균정은 성덕대왕(成德大王), 어머니 박씨를 헌목(憲穆)태후라 하고 아들 경응을 내세워 세자로 삼았다.

"하오니 나으리."

예징이 말을 이었다.

"연로하신 대왕마마보다 젊은 세자마마와 혼약을 맺는 것이 장보고 대사도 원하는 바일 것입니다. 이렇게 되면 대왕마마께오서도 혼약을 깨뜨리지 않는 것이 되며, 장보고 대사도 마음이 흡족하게 될 것입니다. 또한 저희들도 시간을 함께 벌게 되어 그사이에 열 길의 산을 완성할 수 있게 될 것이 아니겠습니까."

예징의 말은 구구절절이 옳은 의견이었다.

일단 대왕이 아닌 세자와 혼약을 맺는다면 예징의 말대로 서로 약속을 지킨 것이 되어 장보고도 흡족해할 것이며, 무엇보다 시간을 벌 수 있게 되는 것이다. 옛말에도 풍마우불상급(風馬牛不相及)이라 하지 않았는가, '바람난 말과 소도 가까이 뛰어올 수 없을 만큼 떨어져 있다'는 말로 일단 장보고를 중앙정치권에 진입해오는 것을 유보시킴으로서 시간도 벌고, 그 사이에 장보고가 감히 넘볼 수 없을 만큼 막강한 정치적 세력을 쌓으면 될 수 있을 것이 아니냐는 예징의 말이야말로 탁견이었던 것이었다.

예징의 말을 들은 김양은 자신의 무릎을 치면서 감탄하였다.

"아찬 나으리야 말로 제갈공명이요."

다음날 김양은 신무왕을 배알하고 자신의 의견을 아뢰었다. 그렇지 않아도 장보고의 어린 딸을 연로한 자신이 차비로 삼는다는 것을 쑥스러워하고 있던 신무왕은 왕비 대신 세자비로 삼는 것이 옳을 것이라는 김양의 의견에 전적으로 동의하였다.

신무왕이 30여 년에 걸친 권력쟁탈이 결국 신라귀족들간의 대립 때문임을 뼈저리게 느끼고, 즉위하자마자 장보고를 불러 감의군사로 봉하였던 것은 왕권에 개입하려는 귀족세력들과 일정한 거리를 두겠다는 속셈을 드러내 보인 것이었다.

약속을 신성하게 여기는 신무왕은 차라리 귀족세력이 아닌 제3의 세력인 장보고와 자신의 아들인 세자와 정략적인 혼인을 시킬 수 있다면 끊임없이 도전해오는 귀족세력들을 견제하고 자신의 아들인 후대에도 그 균형성에서 왕권을 보다 강화시킬 수 있을 것이라고 생각하였던 것이었다.

신무왕의 흔쾌한 윤허를 받은 김양은 그 즉시 장보고를 찾아갔다. 장보고는 청해진으로 돌아갈 채비를 갖추고 있었다.

당나라의 시인 두목은 《번천문집》에서 이 무렵을 다음과 같이 기
록하고 있다.

…… 정년이 국도에 이르러 반역자를 죽이고, 임금을 세워 나라를
위하여 충성을 다하였다. 임금이 드디어 장보고를 불러 재상으로 삼고
정년으로 하여금 장보고를 대신하여 청해진을 지키도록 하였다.

《삼국사기》를 편찬한 김부식은 두목의 기록에 대해서 "신라의 전
기와는 퍽 다르나 두목의 전기이므로 그대로 내버려둔다"라고 평하
였던 것을 보면, 김부식의 기록이 보다 더 정확하다고 말할 수 있을
것이다.

이처럼 장보고는 두목의 기록처럼 재상이 된 것이 아니라 청해진
으로 돌아갔던 것이었다.

"어서 오시오, 대장군."

장보고는 찾아온 김양을 반갑게 맞이하였다.

"대왕마마로부터 감의군사로 제수된 것을 감축드리나이다."

정중하게 김양이 인사를 올리자 장보고가 호탕하게 웃으며 말하
였다.

"이 모든 것이 대장군의 은덕이 아니고 무엇이겠나이까."

장보고는 김양에게 각별할 정도로 우정을 느끼고 있었다.

"간이군사 나으리."

정중하게 김양은 들고 온 예서를 꺼내 놓았다. 장보고는 김양이 가져온 용봉예서를 보았다.

"신이 군사 나으리를 찾아온 것은 대왕마마의 밀지를 받들어온 것이나이다."

"하면."

장보고가 웃으며 말하였다.

"견사지행 때문이나이까."

견사지행(牽絲之幸).

이는 혼례날짜를 정하는 것으로 김양이 이처럼 대왕의 밀지를 받들어 찾아왔다는 것은 약속했던 대로 혼례 일을 정해왔기 때문이라고 장보고는 짐작하고 있었던 것이었다.

"아니나이다."

김양이 웃으며 손을 저었다.

"아니라니요."

의아한 목소리로 장보고가 묻자 김양이 크게 웃으며 대답했다.

"군사 나으리, 대왕마마께오서는 자신을 시들은 버드나무라고 말씀하셨나이다. 또한 이렇게 말씀하셨나이다. 시든 버드나무에 어찌 싹이 돋아날 수 있을 것인가."

김양이 말하였던 말은 《역경(易經)》에 나오는 말로 '시들어빠진 버드나무에 다시 싹이 돋아난다.' 즉 '고양생제(枯楊生稊)'는 '늙은 남자가 젊은 여자를 맞아서 혼인하는 것'을 뜻하는 문장이었던 것이었다.

"따라서 대왕마마께오서는 이렇게 말씀하셨습니다. 시들어빠진 버드나무에서 새싹이 돋아나기를 바라기보다는 창창하게 젊은 버드나무에서 싹이 나기를 바라는 것이 훨씬 옳다고 하셨나이다."

"도대체 대왕마마의 그 말씀이 무엇을 뜻하는 것입니까."

김양의 말을 이해하지 못하고 장보고가 되묻자 김양이 대답하였다.

"감의군사 나으리의 따님은 젊고, 대왕마마께오서는 아뢰옵기 황공하오나 시든 버드나무와도 같습니다. 따라서 대왕마마께오서는 젊고 싱싱한 버드나무와 나으리의 따님과의 혼인을 바라시고 계신다는 뜻이나이다."

"하오면"

장보고가 낯을 붉히면서 말을 받았다.

"대왕마마께오서 혼인을 파기하겠다는 뜻이나이까."

"천만의 말씀이시나이다."

김양이 단호한 목소리로 말을 받았다.

"대왕마마께오서는 반드시 혼약을 지키실 것이나이다. 다만 대왕마마께오서는 '창양생제' 하실 것을 바라실 뿐이나이다."

창양생제(蒼楊生稊).

이는 '젊은 버드나무에 다시 싹이 돋아난다'는 뜻으로 늙은 자신 대신 젊은 버드나무인 세자와 혼약시킬 것을 암시하는 내용인 것이었다.

"젊은 버드나무라니요. 도대체 누구를 가리키는 말씀이시나이까."

장보고가 묻자 김양이 낮은 목소리로 대답하였다.

"젊은 버드나무라 하면 세자마마 말고 또 누가 있겠나이까."

세자마마.

그것은 바로 대왕마마의 아들인 경응을 가리키는 말이었던 것이었다. 김양의 말을 들은 장보고는 처음에는 이해가 가지 않아 어리둥절한 표정이었으나 곧 김양의 말을 알아듣고 얼굴이 밝아졌다. 비록 대왕마마와의 혼약이 깨졌다고 하더라도 세자와 혼인을 맺어 세자비가 될 수 있다면 오히려 전화위복이 되어버린 셈이었던 것이었다.

대왕의 밀지대로 어린 딸 의영이를 나이 든 대왕의 차비로 간택시키지 못한다 하더라도 언젠가는 반드시 세자가 대왕위에 오를 것이 분명함으로 장차 의영은 왕비가 될 것이 확실하기 때문이었다. 장보고의 얼굴에 순간적으로 떠오른 이러한 낌새를 김양은 날카롭게 감지해내었다.

"어떠시나이까, 군사 나으리. 대왕마마의 밀지를 받아들이시겠나이까."

"여부가 있겠습니까."

장보고는 선선히 받아들였다. 이로서 신무왕을 신랑으로 하고 자신의 딸을 신부로 하는 혼서는 이름이 바뀐 채 다시 장보고의 집으

114

로 납채되어 되돌려 보내진 것이었다.

장보고는 흡족한 마음으로 군사들을 이끌고 청해진으로 금의환향하였다.

그러나 과연 그것이 금의환향이었을까.

《삼국사기》에 기록된 대로 국가의 일등공신으로 감의군사로 봉해지고, 식읍 2천 호의 녹을 제수받은 한편 세자와 혼약을 맺는 영광을 얻고 돌아온 그것은 새로운 비극의 씨앗이 될 것임을 꿈에도 생각하지 못하였음일까. 어쨌든 왕위에 오른지 불과 석 달 만에 붕어해버린 신무왕.

이로써 뜻하지 않은 곳에서 새로운 피의 전쟁이 시작되었던 것이었다. 왜냐하면 신무왕이 석 달 만에 붕어함으로서 임시방편으로 장보고의 딸을 세자 경응과 재혼약케 하여 정치적 입지를 강화하려던 김양을 비롯한 예징 등 신라의 신흥귀족세력들은 절호의 기회를 놓치게 되었던 것이었다.

그보다도 신흥귀족세력들에게 치명타를 가한 것은 약속을 이행하라는 장보고의 강력한 압력이었던 것이었다.

이로써 809년 동생인 제옹과 더불어 김언승이 선왕이었던 애장왕을 죽이고 왕위에 오른 이래로 연달아 세 명의 군왕이 시해당하고 신하가 왕위에 오르는 30년에 걸친 장미전쟁은 마침내 종지부를 찍게 되는 것이다.

장미전쟁,

권력을 쟁탈하기 위해 신하가 임금을 죽이고 형제가 골육을 상잔하는 이 비극적인 피의 전쟁은 일찍이 우리나라 역사상 볼 수 없었던 유일무이의 대참사였던 것이다. 이 참사에 대해 김부식은 사관으로서 다음과 같이 논하고 있다.

사신이 논하여 가로되 구양자(歐陽子)의 사론에 '노의 환공(桓公)은 은공(隱公)을 죽이고 자립한 자이며, 선공(宣公)은 자적(子赤)을 죽이고 자립한 자이며, 정의 여공은 세자 홀(忽)을 쫓고 자립한 자이며, 위왕 공손표(公孫剽)는 임금 연(衍)을 쫓아 자립한 자이거니와 성인이 춘추에 그들의 임금 노릇한 것은 빼놓지 않고 기록하라고 한 것은 각각 그 실상을 전하여 후세사람들에게 교훈을 주려고 한 것이다. 위의 네 임금의 죄는 귀를 가릴 수 없는 사실인즉 사람의 악한 짓이 이제는 거의 그칠 만도 하다.

김부식은 공자가 노나라의 역사에 관한 책인 《춘추》에 임금을 죽이고 왕위에 오른 일을 기록한 것은 후세사람들에게 교훈을 주기 위함이라는 구양자의 사론을 인용하고 나서 이렇게 결론을 내리고 있다.

마찬가지로 신라의 김언승이 애장왕을 시해하고 즉위하고, 김명은 희강왕을 시해하고 즉위하고, 김우징은 민애왕을 시해하고 즉위하였으니, 지금 이 사실을 적어두는 것도 또한 《춘추》의 뜻이라 하겠다.

116

그러나 그것으로 끝이었을까.

《춘추》의 뜻에 따라 신하가 왕을 죽이고 왕위에 오른 비극적인 사실을 기록한 김부식의 직필은 그것으로 끝이 나버렸음일까.

또 다른 피의 전쟁이 아직 남아 있었으니, 그것은 왕위에 오른 신무왕이 즉위한 지 겨우 석 달 만인 7월 23일에 숨을 거둬버린 데서 비롯된 것이었다.

신무왕의 갑작스런 죽음에 대해서《삼국사기》는 의미심장한 기록을 남기고 있다.

즉 김양의 장인이었던 이홍이 화를 두려워하여 처자를 버리고 산속으로 도망쳤는데, 왕은 기병을 보내어 끝까지 체포하여 죽이도록 하였다. 신무왕은 특히 이홍에 대해서 강력한 적개심을 갖고 있었다. 그것은 신무왕이 청해진에 있을 무렵 김명이 왕위를 찬위하였다는 소식을 듣자 장보고에게 말하였던 다음과 같은 말을 통해서도 알 수 있는 것이다.

"김명은 임금을 죽이고 자립하였고, 이홍도 임금과 애비를 함부로 죽였으니 함께 하늘을 일수 없는 원수인 것이다."

《삼국사기》의 기록대로 함께 하늘을 일 수 없는 원수, 즉 불구대천지수(不俱戴天之讎)인 이홍을 신무왕이 온전히 살려줄 리는 만무하였던 것이다.

이홍은 마침내 기병에서 사로잡혀 처음에는 목숨을 구걸하였으나 끝내 그것이 불가하다는 것을 알고는 침을 뱉으며 말하였다.

"내 반드시 원수를 갚을 것이다. 내가 죽어 구천을 헤매는 귀신이 되는 한이 있더라도 반드시 우징의 목숨을 빼앗아버릴 것이다."

실제로 이홍은 죽어 귀신이 되었던 것일까. 귀신이 되어 신무왕의 목숨을 빼앗아버린 것이었을까.《삼국사기》에는 신무왕의 최후를 간략하게 기록하고 있을 뿐이다.

왕이 와병 중에 꿈을 꾸었는데, 꿈속에서 이홍이 나타나 활을 쏘아 왕의 등을 맞추었다. 꿈에서 깨자 왕의 등에 종기가 나서 7월 23일에 돌아가니, 위를 신무라 하고 제형산(弟兄山) 서북쪽에 장사하였다.

제 3 장

견백동이 堅白同異

문성왕 3년 가을. 서력으로 841년.

궁중에서는 대왕을 비롯하여 상대등 예징, 시중 의종 그리고 김양 등 모든 근신들이 모인 자리에서 어전회의가 열리고 있었다. 그것은 며칠 전 진해장군으로부터 사람이 왔기 때문이다.

진해장군(鎭海將軍).

그것은 청해진 대사 장보고의 새 직책이었다.

문성왕은 선왕이었던 아버지 신무왕이 왕위에 오른 지 겨우 석 달 만에 숨을 거둔 후 세자로서 왕위에 오르자마자 무엇보다 먼저 장보고를 불러들여 교서를 내리고, 장복(章服)을 내렸다.

문성왕은 누구보다 장보고를 마음속 깊이 존경하고 있었으며, 장보고를 의부(義父)처럼 따르고 있었던 것이었다.

아버지 신무왕이 장보고에게 '감의장군'이란 직책을 내리고, '식읍 2천 호를 봉하였다'고 《삼국사기》가 기록하고 있었다면 문성왕은 그보다 더 귀한 직책인 진해장군, 즉 '바다를 다스리는 대장군'이라는 직책을 새로 내렸던 것이다.

이에 대한 기록이 《삼국사기》에 다음과 같이 나와 있다.

대왕이 교서를 내리되 "청해진 대사 궁복은 일찍이 병력으로서 성고(聖考, 신무왕)를 도와 선조(先朝, 희강왕)의 거적(巨賊)을 멸하였으니, 그 공렬(功烈)을 어찌 잊으랴" 하고 이에 장보고를 배하여 진해장군으로 삼고 겸하여 장복을 내리었다.

문성왕이 내린 장복은 다른 사람과 구별하기 위해 왕실의 문양을 새긴 무늬를 넣은 특별한 옷으로 이를 보더라도 문성왕이 장보고에 대해서 얼마나 깊은 존경의 마음을 갖고 있었는지 미뤄 짐작할 수 있는 것이다.

그뿐인가.

문성왕은 잘 알고 있었다.

아버지 신무왕에 의해서 자신과 장보고의 딸 의영간에는 이미 약혼이 되어 있음을. 이미 혼인 때에 신랑집에서 신부집으로 납채(納采)할 때 보내는 용봉예서, 즉 혼약서가 교환되고 있는 특별한 사이

임을. 그러므로 문성왕은 때가 되면 자연히 자신이 정혼한 대로 장보고의 딸 의영을 차비로 맞아들일 것을 결심하고 있었던 것이다.

그런데 뜻하지 않게 아버지 신무왕은 왕위에 오른 지 불과 석 달만에 붕어해버린 것이다.

아버지 신무왕은 흥덕대왕이 죽은 뒤 계속되어 온 왕위 쟁탈전에서 마침내 승리하여 피의 전쟁을 끝내고 즉위하였지만 석 달 만에 죽어 왕위 쟁탈전 과정에서 쌓여왔던 많은 갈등들을 해결하지 못하였던 것이다.

특히 신무왕은 30여 년에 걸친 권력쟁탈이 결국 신라 귀족들간의 대립 때문임을 뼈저리게 느끼고, 즉위하자마자 장보고를 불러 감의 군사로 삼았던 것은 왕권에 개입하려는 귀족세력들과 일정한 거리를 두겠다는 속셈을 드러내보인 것이었다.

신무왕은 또한 약속하였던 대로 세자 경응과 장보고의 딸 의영과의 혼인을 강력하게 추진해나갔던 것이다. 약속을 신성하게 여기는 신무왕은 이 기회에 귀족세력이 아닌 제3의 세력인 장보고와 정략적인 혼인을 올림으로써 끊임없이 도전해오는 귀족세력들을 견제하고,그 힘의 균형 속에서 왕권을 보다 강화시킬 수 있을 것이라고 생각하고 있었다.

그러나 뜻하지 않게 신무왕이 석 달 만에 급사하게 되자 그 많은 숙제는 아들인 문성왕에게 고스란히 물려오게 되었다.

문성왕도 아버지처럼 장보고의 제3세력에게 보다 큰 신뢰를 두고 있었지만 김양을 비롯하여 예징, 의종 등 아버지를 도와 민애왕을 멸하는데 큰 공을 세웠던 공신들은 이에 대해 경계를 하고 있었던 것이었다.

벌써 그러한 조짐들은 곳곳에 나타나고 있었다. 공신들 중의 하나였던 김흥필이 논공에 불만을 품고 모반하다가 발각되어 섬으로 도망치는 일들이 그해 여름 7월에 벌어졌던 것이었다.

그런데 바로 이 무렵.

진해장군 장보고로부터 사람이 찾아온 것이다. 찾아온 사람은 장보고의 책사인 어려계로 그는 선대로부터 약속해온 용봉예서를 들고 찾아온 것이었다.

"대왕마마, 선왕께오서는 진해장군께 용봉예서를 보내심으로써 혈연지간을 맺으셨나이다."

어려계는 예서를 묶은 붉은 끈을 가리키며 말하였다.

"예부터 붉은 끈으로 묶는 것은 양가의 혼약이 신불일지라도 깨뜨릴 수 없음을 뜻하고 있는 것이나이다. 또한 선왕께서는 도적을 죽이고 원수를 갚은 이후에 혼사를 올리기로 약속하였사오나 원수는 갚았으나 선왕께오서 붕어하심으로 차일피일 미루어졌다가 이제 삼년상이 다 끝났으니 약조하신 대로 진해장군의 따님을 왕비로 맞아들이는 것이 가하다고 생각되나이다."

어려계의 말은 구구절절이 옳은 말이었다.

도적 김명을 죽이고 원수를 갚는 일은 이미 선왕 때의 일로 끝났으며, 또한 부왕의 갑작스런 붕어도 어려계의 말처럼 삼년상을 이미 치렀으므로 더 이상 경사스런 혼사를 미룰 명분이 없음이었다.

그보다도 문성왕 자신은 오히려 진해장군 장보고의 딸, 의영과의 혼사를 간절히 원하고 있었던 것이었다.

"어찌하면 좋겠소이까."

모든 근신들이 모인 자리에서 문성왕이 입을 열어 말하였다.

"선왕 때 약조하였던 대로 진해장군은 사람을 보내어 혼약에 대해서 물어왔소이다. 이에 대해 어찌하면 좋겠습니까."

"아니되옵니다."

상대등 예징이 단숨에 소리쳐 간하였다.

"어째서 아니된다는 것이오."

대왕이 묻자 예징이 대답하였다.

"옛말에 이르기를 부부의 도리는 인간의 큰 윤리 중의 하나이나이다. 그러므로 모든 집안의 흥망과 나라의 존망이 여기에 달려 있으니, 어찌 삼갈 일이 아니겠습니까. 특히 장보고는 비록 병력으로 큰 공덕을 세웠다 하나 근본이 미천한 해도인이니, 어찌 그 딸로 왕실의 배후를 삼을 수 있겠나이까."

상대등뿐이 아니었다.

시중 의종도 이에 반대하여 나선 것이었다. 이에 대해《삼국유사》는 다음과 같이 기록하고 있다.

왕이 궁파의 딸로 왕비를 삼으려 하니 여러 신하가 극간하여 가로
되 궁파는 매우 미천한 사람이니 그의 딸로 왕비를 삼는 것은 불가하
다고 말하였다.


이처럼 많은 신하들이 극간하여 반대하자 대왕은 입장이 난처하
였다. 그래서 마지막으로 김양을 돌아보며 물어 말하였다.

"경은 어떻게 생각하시오."

김양은 선왕인 신무왕과 문성왕 양대에 걸쳐 최고의 실력자이자,
대왕의 가장 강력한 후원자였다. 문성왕은 왕위에 오르자마자 김양
의 공을 추록(追錄)하여 소판겸 창부령(倉部令)을 제수하였다. 소
판이라 하면 권력서열 제3위에 해당하는 직책이었고 창부령은 조정
의 모든 재무를 담당하는 대신이었는데, 이는 다른 원로대신들 때
문이었다. 그러나 곧 문성왕은 김양을 시중 겸 병부령에 전임시켰
던 것이었다. 병부령은 전 군사를 장악하는 핵심요직이었으므로 마
침내 신라의 모든 권력은 김양에게 집중되었다. 따라서 신라의 전
권을 장악한 김양에게 당나라에서도 예를 갖추었는데, 이에 대한
기록이 《삼국사기》에 다음과 같이 나와 있을 정도인 것이다.


당나라에서 사신을 보내어 빙문(聘問)하고, 겸하여 공에게 검교위
위경(檢校衛尉卿)을 제수하였다.

따라서 김양의 대답은 곧 법이었던 것이다. 문성왕은 잘 알고 있었다. 김양이야말로 자신과 장보고의 딸 의영간의 혼사를 중매하였던 월하노인이 아니었던가.

대왕이 묻자 그때까지 침묵하고 있던 김양이 마침내 입을 열어 대답하였다.

"여러 대신들께오서는 장보고 대사의 근본이 미천한 해도인이니, 어찌 그 딸로 왕실의 배후를 삼을 수 있을까 하여서 불가하다고 말씀하셨사오나 신의 생각으로는 무가무불가이나이다."

무가무불가(無可無不可).

이는 공자의 논어에 나오는 문장으로 '가(可)도 아니고 불가(不可)도 아니다'는 뜻이었다. 바꿔 말하면 '행동에는 중용을 지켜 좋을 것도 나쁠 것도 없다'는 뜻이었던 것이었다.

"선조 때에는 지철노왕(智哲老王)이 양물의 길이가 1척 5촌이나 되어 배후를 얻기 어려워 사자를 삼도에 보내어 구하였는데, 한 사자가 본즉 개 두 마리가 큰 북만한 똥덩어리 끝을 물고 다투고 있는지라 한 소녀에게 물으니, 대답하기를 이곳 상공의 딸이 여기서 빨래를 하다가 수풀 속에 숨어서 눈 것이라 하여 그 집을 찾아가 보니, 그 여인의 신장이 7척 5촌으로 왕이 수레를 보내어 황후를 삼았다는 사실이 있습니다. 그러므로 대왕께오서 장보고 대사의 딸을 왕비로 맞아들이는 일도 불가한 일이 아니나이다."

김양은 일단 말을 끊었다. 그의 말에 여러 대신들이 웅성거렸다.

김양이 다시 말을 이었다.

"하오나 수풀 사이에 똥을 눈 여인도 결국 상공의 딸이므로 여러 대신들의 말처럼 미천한 해도인의 딸은 아닌 것입니다. 그러므로 장보고 대사의 딸을 맞아들이는 일도 역시 가한 일이 아니나이다."

김양의 말은 애매하였다.

최고의 실력자인 김양의 답변이 모호하였으므로 그날의 어전회의는 결론을 내리지 못한 채 끝이 났는데, 그날 밤 김양의 금입택으로 상대등 예정을 비롯하여 지난 낮 어전회의에 참석하였던 모든 대신들이 모여들었다. 이는 김양이 은밀하게 사람을 보내어 불러들인 것이었다.

"내가 여러 대신들을 이처럼 모신 것은 차마 대왕마마 앞에서는 나눌 수 없었던 가슴속에 품었던 생각들을 흉금없이 털어놓으려는 때문이나이다. 따라서 신이 먼저 말씀을 드리겠습니다."

김양이 나서서 입을 열어 말하였다.

"신은 선왕 때 어떻게 해서든 장보고 대사의 병력에 의지하여 원수를 갚을 수밖에 없었으므로 선왕께 아뢰어 장보고 대사의 딸과 대왕마마와의 혼사를 맺기를 극간하여 이를 성사시켰나이다. 따라서 약조한 대로 장보고 대사의 딸을 차비로 맞아들이는 것은 마땅히 지켜야 할 도리라고 생각하고 있습니다."

김양은 차분하게 말을 이어나갔다.

"하오나 장보고 대사가 미천한 해도인이므로 또한 그 딸로 왕실

의 배후를 삼는 일 또한 있을 수 없는 일입니다. 상대등께오서 말씀
하셨듯이 나라의 존망이 여기에 달려 있으니, 어찌 삼갈 일이 아니
겠습니까. 일찍이 하나라의 왕 우는 부인이었던 도산으로 인해 일
어나고, 은나라의 왕 탕은 부인이었던 유화씨로 인하여 창성하였소
이다. 그러나 주나라는 포사라는 여인으로 망하였고, 진나라는 여
희라는 여인으로 문란하였소이다. 하오니 어찌 함부로 장대사의 딸
을 왕비로 맞아들일 수가 있을 것이나이까."

"검교경 나으리."

상대등 예징이 입을 열어 말하였다.

"우리들도 선조의 도적을 멸한 공열이 모두 장보고 대사의 병력
때문임을 모르지는 않습니다. 따라서 선왕께오서 장보고 대사에게
감의장군이란 직책을 내리시옵고, 식읍 2천 호를 봉하지 않으셨나
이까. 그뿐이 아니지 않습니까. 대왕마마께오서는 친히 교서를 내
리시어 장복을 하사하셨을 뿐 아니라 진해장군이란 직책까지 내리
셨습니다. 이는 일찍이 조정에서는 볼 수 없었던 관직이었나이다."

예징의 말은 사실이었다.

문성왕이 내린 '진해장군'이란 관직은 신라의 조정에서는 선례를
찾아볼 수 없었던 별직이었던 것이다. 그런 의미에서 흥덕대왕으로
부터 제수받은 '청해진 대사', 신무왕으로부터 제수받은 '감의장
군', 문성왕으로부터 제수받은 '진해장군'의 관직들은 모두 장보고
한 사람만이 제수받았던 특별한 직책이었던 것이다

"이로써 장보고 대사에 대한 논공과 행상은 끝이 났으며, 공덕에 대한 예우 역시 끝이 났다고 생각하고 있나이다. 따라서 굳이 장보고 대사의 딸을 취하여 왕비로 삼을 이유는 없을 것이나이다."

"하오나."

시중 의종이 나서 말하였다.

"장보고 대사의 병력은 국중에서 가장 강력하고, 군세 또한 가장 막강하나이다. 만약 장보고 대사가 자기의 딸을 왕비로 맞아들이지 아니한 것을 원망하여 반란을 일으킨다면 아무도 이를 평정할 수는 없을 것이며, 온 나라는 또다시 전란에 휩싸일 것이나이다."

시중 의종의 말은 핵심을 찌르고 있었다. 모든 대신들은 가슴속에 그러한 두려움을 갖고 있었으나 차마 입을 열어 토해내지 못하고 있을 뿐이었던 것이다.

이제 겨우 30년 만에 되찾은 평온이 아니었던가. 그런데 이제 또다시 장보고가 병력을 도모하여 난을 일으킨다면 나라의 존망마저 위태로워질 것이 분명하였던 것이다.

"하오니 이를 어찌하면 좋겠습니까."

《삼국사기》에는 이러한 대신들의 두려움을 표현하는 다음과 같은 기록이 나와 있다.


조정에서는 장보고를 군사로 치자니 불측(不測)의 화가 있을지도 모르고, 또 그대로 내버려두자니 그 죄를 용서할 수 없었으므로 우려에 싸여서 어찌할 바를 모르고 있었다.


또한 시중 의종이 말을 이었다.

"뿐 아니라 비록 장보고 대사가 미천한 해도인이라 할지라도 일
단 왕실과 혼약을 맺었나이다. 그것도 한 번이 아니라 돌아가신 선
왕과 대왕마마와 두 번이나 약조를 하였나이다. 이는 하늘의 신불
이라 할지라도 함부로 이를 깨뜨릴 수는 없는 것이나이다."

그때였다.

묵묵히 침묵을 지키며 대신들의 의견을 경청하고 있던 김양이 갑
자기 품속에서 무엇인가를 꺼내 탁자위에 놓았다. 여러 대신들은
모두 그것을 바라보았는데, 그것은 흰 빛이 나는 차돌 하나였다.

"좋습니다."

김양이 불쑥 입을 열어 말하였다.

"여러 대신들의 의견이 둘로 나뉘고 있음을 잘 알겠습니다. 장보
고대사의 태생이 원래 미천한 해도인이므로 장 대사의 딸을 왕비로
취하는 것이 절대로 불가하다는 상대등의 의견은 물론이고 또한 그
렇다 하더라도 왕실에서 맺은 혼약이므로 신불이라도 감히 깨뜨릴
수 없는 반드시 지켜야 할 신성한 계약이라는 시중의 의견 또한 옳
다고 생각하나이다. 그러나 우리는 둘 중 하나를 선택할 수밖에 없
습니다. 그러므로 신이 먼저 상대등께 묻겠습니다. 이 돌은 무슨 빛
깔이나이까."

그러자 상대등 예징이 대답하였다.

"흰색이나이다."

"이 돌이 흰색깔이라는 사실을 상대등은 어찌 아셨습니까."

"그거야 눈으로 봐서 알았지요."

"좋습니다."

김양이 이번에는 시중 의종에게 물어보았다.

"그러면 시중께 묻겠습니다. 이 돌멩이가 단단합니까, 아니면 물렁물렁합니까."

느닷없는 김양의 질문에 시중 의종은 차돌을 만져보며 말하였다.

"단단하나이다."

"그 단단함을 어떻게 아셨습니까."

그러자 시중 의종은 어이없다는 표정으로 대답하였다.

"손으로 만져보았으니 알게 되었지요."

참으로 수수께끼와 같은 질문이요, 행동이었다. 참석했던 모든 대신들의 의중을 충분히 간파했던 김양이 껄껄 웃으면서 말하였다.

"보다시피 이 차돌은 흰빛이 나는 단단한 돌멩이이나이다. 그러나 상대등께오서는 눈으로 보아서 희다는 것을 알 수는 있었으나 눈으로만 보았으므로 단단하다는 것은 알지 못하였고, 시중께오서는 손으로 만져보아서 단단하다는 것은 아셨으나 이 돌이 희다는 것은 모르셨습니다. 그러므로 상대등이 본 흰 돌과 시중이 만진 단단한 돌은 각각 다른 두 개의 돌멩이인 것이나이다. 그러나 이 탁자

위에 놓인 돌은 하나입니까. 두 개입니까."

대신들은 감히 입을 열어 말할 수가 없었다.

분명히 탁자 위에 놓인 돌은 하나였으나 하나라고 대답하면 김양의 논리에 위배되는 것이고, 그렇다고 서로 다른 두개의 돌멩이라고 대답하면 김양의 궤변에 말려든 결과를 초래하는 것이다.

궤변.

이치에 맞지 않는 말로 얼핏 보기에는 옳은 것처럼 보이게 꾸미는 거짓 추론(推論).

김양이 말한 이 내용은 일찍 이 전국시대 때 공손용(公孫龍)이 펼쳤던 논쟁으로 단단한 돌과 흰 돌은 동일물이 아니라는 '견백동이(堅白同異)'의 유명한 궤변이었던 것이었다.

"신이 여러 대신들에게 견백동이의 고사를 일러드린 것은 장보고 대사의 딸을 대왕마마의 차비로 간택하는 일은 마치 단단하고 흰빛이 나는 돌멩이와 같다는 사실을 말씀드리기 위함이었나이다. 물론 이 돌멩이는 단단하고 흰 빛이 나는 하나의 돌멩이나이만 그렇다고 단단함과 흰 빛을 한꺼번에 모두 받아들일 수는 없지 않겠습니까."

김양의 말은 절묘한 정답이었다.

비록 한때 장보고 대사의 휘하인 병력에 의존하여 원수를 갚고 전국을 평정하기 위해서 장보고 대사의 딸을 왕비로 맞아들이겠다는 정략혼을 맺었다 하더라도 장보고 대사가 미천한 해도인이므로 정작 그 혼인의 약속을 지키게 되면 온 조정의 질서가 무너지고 모든 권력이 장보고 대사에게 집중이 될 것이므로 견백동이의 궤변처럼 별개의 돌로 결론을 내려야 옳다는 것이 김양의 속뜻이었던 것이었다.

참으로 무섭고 날카로운 김양의 속마음이 아닐 수 없었다. 참석했던 모든 대신들은 전율을 느꼈다. 갑자기 납덩어리와 같은 무거운 침묵이 좌중을 감쌌다.

긴 침묵 끝에 김양이 다시 입을 열어 말하였다.

"좋습니다. 그러하면 다시 묻겠습니다. 대왕마마께오서는 그렇다고 왕비를 절대로 취해서는 안 될 것이나이까."

"무슨 말씀이시나이까."

상대등 예징이 말하였다.

"대왕마마께오서 빨리 차비를 맞아들이시어 후사를 이어야 할 것은 당연한 일이 아니겠습니까."

기록에 의하면 문성왕에게는 박씨라는 정비가 있었다고 전해지고 있다. 그러나 박씨 부인과의 사이에는 아이가 없었다. 일찍이 후사가 없었던 흥덕대왕 사후부터 일어난 전란으로 보아 모든 대신들은 간절히 대왕이 새로운 왕비를 맞아들일 것을 원하고 있었던 것이었다.

"좋습니다."

김양이 단호하게 말하였다.

"그러면 바로 이 자리에서 신이 대왕마마의 왕비감을 보여드리면 어떠하시겠습니까."

바로 이 자리에서 왕비감을 보여주겠다는 김양의 말은 좌중에 큰 파문을 일으켰다. 다른 왕비감이 한시바삐 결정될 수만 있다면 장보고의 딸 의영과의 혼사는 자연 무산될 것이 아닌가.

"게 있느냐."

김양이 주위를 돌아보며 소리를 질렀다.

"덕생을 들라 이르라."

그러자 병풍 뒤쪽에서 문이 열리고 소녀 하나가 들어왔다. 이제 겨우 열 살이 되었을까. 어린 소녀티가 완연하였으나 아름답기는 눈이 부실 정도였다.

"여기 모인 손님들의 잔에 술을 한 잔씩 따르도록 하여라."

김양이 말을 하자 소녀는 두 손으로 좌석을 돌아다니며 술을 따르기 시작하였다.

"이 아이는 신의 여식이나이다."

비록 입을 열어 말하지 않더라도 대신들은 들어온 소녀가 김양의 딸 덕생임을 잘 알고 있었다.

덕생. 일찍이 백률사에서 자살하여 죽은 사보부인과의 사이에서 태어난 김양의 외동딸. 어미인 사보부인이 죽자 덕생은 백률사의 주지 월여스님에 의해서 은밀하게 키워졌다. 애비도 어미도 없이 3년 이상이나 경내에서 방치되어 고아 아닌 고아로 자라났으나 소녀에게는 구김살이 없었으며, 기품도 있어 보였다.

여러 대신들은 모두 날카로운 눈으로 소녀 덕생을 바라보았다. 아직 대왕의 왕비가 되기에는 나이가 어리기는 하였지만 그것은 전혀 문제가 되지 않음이었다. 대신들은 비록 입을 열어 말하지는 않았지만 그 순간 마음속으로는 하나의 묵계를 맺고 있었다.

그들이 대왕마마와 장보고와의 혼인지례를 맺어서는 안 된다고 극간하는 것은 천하의 권세가 귀족이 아닌 한낱 해도인인 제3세력의 장보고에게 넘어가버림으로써 중앙귀족의 위세가 하루아침에 추락되어버릴지도 모른다는 두려움 때문이었던 것이다. 그러나 김양의 딸 덕생과 대왕마마와 혼인지례를 맺을 수 있다면 이러한 화근은 미리 제거할 수 있음이 아닐 것인가.

"어떻습니까."

김양이 손짓을 하여 덕생을 내보낸 후 좌중을 돌아보면서 물어 말하였다.

"신의 딸이 대왕마마의 왕비감이 될 만하다고 생각되십니까."

김양의 질문에 여러 대신들은 이구동성으로 대답하였다.

"여부가 있겠습니까."

그날 밤. 모든 대신들이 돌아간 후 김양은 침전에 앉아서 홀로 술을 마시고 있었다. 그가 사람들을 보내어 은밀히 자신의 집으로 초대한 소기의 목적은 이로써 이루어진 것이었다.

간택(揀擇). 여러 대신들이 반대하는 장보고의 딸 대신 자신의 딸 덕생을 대왕마마의 차비로 간택하는 것이 어떠하냐는 의중을 여러 대신들에게 묻고 그것을 기정 사실화하려는 김양의 속셈은 보기 좋게 들어맞은 것이었다.

어전회의에서 장보고의 딸과의 혼사를 어떻게 생각하느냐는 대왕마마의 질문을 들은 순간 김양이 "가도 아니고 불가도 아닙니다" 하고 대답하였던 것은 바로 그 순간 자신의 딸 덕생을 떠올린 때문이었다.

그러므로 김양의 애매한 대답은 덕생이 장보고의 딸 의영 대신 임금의 차비가 될 수 있다면 장보고와 혼인지례를 맺는 것은 '가한 일도 아니고 불가한 일도 아닌 일' 이 될 수 있는 것이라는 의미를 담고 있던 대답이었던 것이다.

김양은 천하의 권세를 얻기 위해 장보고의 병력을 의지하여 원수를 멸하였다. 장보고의 보다 강력한 의지를 얻기 위해 김양은 자신이 먼저 나서서 김우징에게 장보고와의 혼인지례를 권하였다. 그러나 옛말에 이르기를 '득어망전(得魚忘筌)' 이라 하지 않았던가.

'물고기를 잡고 나면 통발은 잊어버린다' 는 뜻으로 일단 물고기를 잡는 목적은 달성하였으므로 목적을 위해 사용했던 통발, 즉 장보고와의 혼사는 잊어버려도 좋은 것이다.

마찬가지로 '덫은 토끼를 잡는 도구이니, 토끼를 잡고 나면 덫은 잊어버리는 일' 인 것이다. 그러므로 장보고와의 혼사는 잊어버려야 할 통발이며, 아예 장보고라는 존재는 버려야 할 덫에 불과한 것이다.

만약 일을 그르쳐 대왕마마와 장보고의 딸 의영과의 혼사가 성립

된다면 장보고는 하루아침에 국구가 되어버릴 것이다.

국구(國舅). 왕비의 아버지를 이르는 말로 나라의 최고 어른인 것이다. 만약 장보고가 국구가 되어버린다면 천하의 권세는 모두 그의 것이 될 것이다.

이는 절대로 불가한 일인 것이다. 하늘에는 두 개의 태양이 있을 수 없고, 하늘 아래에는 두 명의 영웅이 있을 수 없음인 것이다.

바로 그 순간, 어전회의에서 돌아와 깊은 상념에 빠져있는 김양의 눈앞으로 문득 꽃밭 속에 서 있는 덕생의 모습이 비춰 보인 것이었다. 덕생의 모습을 보자 김양의 머릿속으로 번개처럼 스쳐가는 것이 있었다. 그것은 낭혜화상의 참언이었다.

"반드시 계집이 너를 구해줄 것이다. 너는 세 명의 계집을 거쳐 세를 이룰 것이다."

세 명의 계집.

낭혜화상의 참언대로 첫 번째 계집이었던 아내 사보부인은 스스로 자살하여 죽음으로써 의심하던 김우징으로부터 결정적인 신임을 얻을 수 있었다. 그렇다면 두 번째 계집은 누구였던가. 바로 장보고의 딸 의영이 아니었던가. 장보고의 딸 의영과 김우징과 혼약을 맺음으로써 마침내 장보고의 병력을 빌려 김명을 베고 복수를 할 수 있지 않았던가.

그렇다면 이제 하나 남은 세 번째의 계집은 과연 누구인가. 꽃밭 위를 나는 나비를 잡고 있는 덕생의 모습을 본 순간 김양은 바로 자신의 딸 덕생이 그 세 번째의 계집임을 직감할 수 있었던 것이다.

그렇다.

장보고의 딸 대신 덕생을 대왕마마의 차비로 간택시켜야 한다. 이것이 바로 낭혜화상이 참언하였던 계집 셋의 간을 거쳐 천하의 권세를 얻는 일인 것이다. 그러므로 아직 전란은 끝이 난 것이 아니다. 이제 시작에 불과한 것이다. 적은 더 이상 밖에 있는 것이 아니라 적은 이제 안에 있는 것이다. 내부의 적. 그것이 바로 장보고인 것이다.

하로동선(夏爐冬扇).

'여름의 화로와 겨울의 부채'란 뜻으로 장보고야말로 한여름의 화로와 한겨울의 부채인 것이다. 그의 존재는 반드시 필요했으나 이제는 오히려 불필요한 존재인 것이다. 남의 칼을 빌려 사람을 죽였으면 그 칼은 멀리 던져버려야 하는 것이다.

김양이 사람을 시켜 여러 대신들을 자신의 집으로 불러들인 것은 이처럼 장보고의 딸 대신 덕생을 왕비감으로 간택하는 중의를 모으기 위한 사전공작이었던 것이다.

김양은 잘 알고 있었다. 이 사전공작은 당연하게 성공할 것임을.

과연 김양의 생각대로 여러 대신들은 김양의 의견을 받아들여 멋지게 맞아 떨어졌던 것이다.

그러나.

김양은 홀로 앉아 술을 마시며 깊은 생각에 사로잡혔다.

어느덧 초가을이었으므로 깊은 밤하늘 위에는 밝은 달이 떠 있었고, 온누리는 휘황한 달빛이 흘러넘치고 있었다.

이제부터가 시작인 것이다.

만약 장보고의 딸 의영 대신 덕생을 대왕마마의 왕비로 간택하게 된다면 장보고는 절대로 가만있지 않을 것이다. 어쩌면 청해진에 거하여서 반란을 일으킬지도 모른다. 국중에서 장보고의 병력을 막을 군사는 이제 그 어디에도 없다. 온 나라의 군사를 관장하는 병부령으로서 누구보다 군사정보에 밝은 김양으로서는 만약 장보고의 군사와 신라의 관군이 또다시 정면충돌을 일으켜 전면전이 일어난다면 절대로 이길 수 없음을 잘 알고 있는 것이다.

그렇다고 하더라도 절대 물러설 수는 없다.

이것이야말로 하늘과 땅을 걸고 주사위를 던져 싸우는 최후의 일전인 것이다.

그러나.

홀로 술을 마시면서 김양은 이를 악물고 맹세하였다.

결국 나는 이길 것이다. 왜냐하면 그것이 나의 운명이므로. 낭혜화상의 참언대로 계집 셋을 통해 천하의 권세를 얻을 수 있을 것이며, 자신의 딸 덕생이야말로 세 번째의 계집임에 분명하므로.

하룻밤을 꼬박 세운 김양은 마침내 결론을 내렸다. 그는 사람을 보내어 자신의 심복부하 염장을 불러들였다. 염장은 그날 밤 남의 눈을 피해 김양의 집으로 숨어들었다.

"부르셨습니까, 나으리."

염장은 자신의 추악한 용모 때문에 아직도 남의 눈을 피해 한밤 중에 다니기를 즐겨하고 있었다. 염장은 큰 무공을 세운 공신으로 시위부의 군장이 되어 있었다. 시위부는 국왕을 호위하는 목적을 지닌 정예군으로 병부령이었던 김양이 염장을 시위부의 군장으로 임명하였던 것은 그에 대한 각별한 총애 때문이었다.

"나으리, 무슨 일로 저를 부르셨습니까."

김양을 바라보는 염장의 눈빛에는 충성심이 넘치고 있었다.

"내 그대를 부른 것은 오랜만에 그대가 부르는 피리소리를 듣기 위함이오."

김양은 잘 알고 있었다.

염장이 한때 해적으로 노예를 팔아넘기던 인간백정이었으나 또한 신라 제일의 피리명인이었음을.

"갑자기 신에게 피리를 불라니요."

염장은 항상 검이 꽂혀있는 피리를 들고 다니고 있어 때로는 살상용 패검이 되기도 하고 때로는 악기용 피리가 되기도 하였다.

"오랜만에 〈무등산곡〉을 듣고 싶소이다."

〈무등산곡〉.

예부터 무등산에 산성을 쌓았던 백제인들이 태평성대를 누리며 불렀다던 전설 속에 나오던 바로 그 노래. 몇 번을 사양하던 염장은 마침내 피리를 불기 시작하였다. 염장이 부는 피리소리는 달빛을 타고 온누리에 번져나갔다. 눈을 감고 피리소리를 듣고 있던 김양은 염장이 연주를 끝내자 자신이 마시던 잔에 술을 가득 따라 내밀면서 말하였다.

"수고 많이 하였소이다. 한 잔 드시오."

염장은 두 손으로 술잔을 받아 돌아앉아 마셨다. 술을 마시고 나서 염장이 조심스럽게 말하였다.

"이 야심한 밤에 어찌하여 신을 부르셨습니까."

김양이 껄껄 웃으며 말하였다.

"오랜만에 그대가 부르는 피리소리를 듣기 위해 불렀다고 내가 말하지 않았소."

그러나 염장이 머리를 흔들며 말하였다.

"아닙니다. 단지 그뿐이실 리가 없나이다."

그러자 김양이 크게 웃으며 말하였다.

"귀신은 속일 수 있어도 그대만은 감히 속일 수가 없구료. 그렇소. 내가 그대를 보고자 부른 것은 원수를 갚기 위함이오. 일찍이 공자가 이르기를 '평생을 거적자리에서 잠자고, 방패로 베개를 삼더라도 원수 갚을 마음을 한시라도 게을리하지 말아야 할 것이다. 또한 원수와는 같은 조정에서 일을 할 수도 없을 것이며, 이 세상에 함께 살 수가 없는 것이다. 만약 그 원수를 시장 한가운데에서 만나면 되돌아서지 말고 병기를 가지고 싸워 죽여야 할 것이다' 하였소이다. 마찬가지로 함께 하늘을 이고 살아갈 수 없는 원수가 하나 있으니, 이를 어찌하면 좋겠소이까."

똑같은 질문이었다.

4년 전. 김명을 죽이기 위해서 은밀히 염장을 불렀을 때에도 김양은 똑같은 질문을 하지 아니하였던가. 그때 염장은 대답하였었다.

"반드시 죽여야 하나이다."

염장은 김양의 속마음을 꿰뚫어 보고 있었던 것이다. 김양이 자신을 자객으로 고용하고 있음을. 그러나 똑같은 질문을 던져온 것에 대해 염장은 의아한 목소리로 물어 말하였다.

"나으리의 함께 하늘을 이고 살아갈 수 없는 원수는 이미 죽지 않았습니까. 이미 원수를 갚았는데, 어찌하여 또 다른 원수가 남아 있다는 말씀이시나이까."

염장의 질문은 정확하였다.

주인 김양의 원수는 오직 한 사람. 그것은 《삼국사기》에 기록된 대로 백일을 두고 복수를 맹세하였던 김명이 아니었던가. 그 김명은 이미 죽어 복수는 끝나지 아니하였던가.

그러자 김양이 머리를 흔들며 말하였다.

"또 다른 원수가 아직 남아 있소이다. 그것은 내 원수가 아니라 바로 그대의 철천지 원수인 것이오."

김양은 손가락을 들어 염장의 가슴을 가리키며 낮은 목소리로 말하였다.

김양이 자신의 가슴을 가리키면서 말하자 염장은 어리둥절하였다

"소인에게 무슨 철천지원수가 따로 있겠습니까."

염장은 머리를 숙이며 말하였다. 그러자 김양이 받아 말하였다.

"그대가 이토록 야심한 밤에 집으로 찾아온 것은 무슨 까닭인가.
또한 그대가 평소에도 방상시의 탈을 쓰고 다니는 것은 무슨 까닭
인가. 그것은 그대의 용모를 어둠으로 가리고 탈로 가리려는 뜻이
아니겠는가. 그러하면 도대체 누가 그대를 살아도 산목숨이 아니
오, 죽어도 죽은 목숨이 아닌 귀신으로 만들어놓았는가."

순간 염장은 김양이 말하는 자신의 철천지원수가 누구를 말하고
있음인가 정확히 알아차렸다.

"그대의 얼굴에 도적이라는 평생 지워지지 않는 묵형을 새김으로
써 그대를 살아 있는 송장으로 만든 사람이야말로 그대의 철천지원
수가 아니겠는가."

염장은 비로소 자신의 주인인 김양이 자신에게 무엇을 말하고 있
음인가를 정확히 알아차릴 수 있었다. 또한 그가 떠돌이 백정으로
있을 무렵 자신의 노모가 죽었을 때 찾아와 대신 성대하게 장례를
치러준 과거의 기억을 떠올렸다.

그뿐이 아니었다. 무주의 도독으로 있을 무렵 자신의 집으로 찾
아와 직접 얼굴에 새긴 도적이란 두 글자를 벌겋게 달아오른 창칼
로 지져 글자를 지움으로써, 노예를 파는 대역죄인에서 부장으로
환골(換骨)시켜주었을 뿐 아니라 자신의 이름도 염문에서 염장으로
바꾸어 탈태(奪胎)시켜주지 아니하였던가.

차도살인(借刀殺人).

'남의 힘을 빌려 사람을 죽인다'는 뜻으로 주인 김양은 이미 그때
부터 언젠가는 장보고를 제거하기 위해서 철천지원수인 자신을 하
나의 칼로 빌려 맡아둔 것이 아니었을까.

"마침내."

김양이 낮은 목소리로 말하였다.

"이제 그대가 철천지원수를 갚을 때가 되었소이다."

염장은 묵묵히 주인의 말을 듣고 있었다. 주인의 이 말은 '장보고
를 죽이라'는 지상명령인 것이다.

"그대의 철천지원수가 이젠 온 나라의 철천지원수가 되었소이다."

"……알겠습니다."

염장은 짧게 대답하였다.

"나으리가 소인에게 무엇을 원하시는가를 명명백백하게 알아듣
겠습니다. 이 몸은 살아도 주인의 것이오, 죽어도 주인의 것이니,
마땅히 주인의 뜻에 따르겠나이다. 다만 하나의 조건이 있나이다."

"그것이 무엇인가."

김양이 묻자 염장이 대답하였다.

"호랑이 굴에 들어가지 않고서는 호랑이 새끼를 잡을 수 없나이
다. 마찬가지로 소인이 철천지원수를 갚기 위해서는 반드시 호랑이
굴인 청해진으로 들어가지 않을 수 없을 것이나이다."

염장의 말은 사실이었다.

장보고를 제거하기 위해서 그를 서라벌로 불러들일 수는 없는 일이었다. 이미 선왕이었던 신무왕으로부터 '감의군사'를 제수받을 때에도, 또한 대왕마마로부터 '진해장군'을 제수받을 때에도 장보고는 서라벌에 입경하였으나 그때마다 수백 명의 휘하군장들을 대농하고 있었으므로 그를 암살하는 것은 쉬운 일이 아니었던 것이다. 그러므로 장보고를 죽이기 위해서는 반드시 호랑이 굴인 청해진으로 들어갈 수밖에 없다는 염장의 말은 정확한 것이었다.

"그 조건이 무엇인가."

김양이 묻자 염장이 단숨에 대답하였다.

"배훤백의 모가지입니다."

염장은 짧게 대답하였다.

"배훤백의 목을 베어 그 수급을 소금에 절여주옵소서. 그것이 첫번째 조건이나이다."

배훤백.

그는 일찍이 활을 쏘아 김양의 넓적다리를 맞추었던 김명의 심복 부하였다. 김양이 왕성을 수복하였을 때 《삼국사기》에 나와 있던 대로 "개는 제각기 주인이 아닌 사람에게 짖는 것이다. 네가 주인을 위해 나를 쏘았으니 너는 의사다. 내가 괘념치 아니할 것이니, 너는 안심하고 두려워하지 말라" 하고 살려주었던 바로 그 무장이었다. 살려주었을 뿐 아니라 염장의 직속상관으로 시위부의 군장이 되었던 것이다.

"어찌하여 배훤백의 목을 달라는 것이냐. 사사로운 개인의 원한 때문이냐."

김양이 묻자 염장이 대답하였다.

"어찌 사사로운 원한이 있겠습니까, 나으리. 다만 소인이 호랑이 굴인 청해진으로 들어간다 하여도 장보고는 소인을 믿지 못할 것이 나이다. 장보고는 이미 소인의 정체를 알고 있어 의심하여 믿지 아니할 것이나이다. 따라서 배훤백의 목을 베어 거짓으로 투항한다면 그땐 장보고가 소인을 믿어줄 것이나이다."

이때의 기록이 《삼국사기》에 다음과 같이 나와 있다.

…… 조정에서는 장보고를 치자니 혹 불측의 환란이 있을지도 모르고, 또 그대로 내버려두자니 그 죄는 용서받을 수 없으니, 우려에 싸여서 어찌할 바를 모르고 있던 중 그때 용감한 장사라고 세상에 널리 알려진 무주인 염장이란 자가 와서 말하기를 조정에서 만일 자신의 말을 들어준다면 자기는 일개 병졸로서 수고롭게 하지 않고 맨주먹으로 가서 궁복의 목을 베어 바치겠다 하였다.

기록에 나와 있는 대로 '자기의 말을 들어준다면' 의 첫 번째 조건은 이처럼 배훤백의 목이었던 것이었다. 두 번째의 조건은 '장보고를 역적으로 선포하는 대왕마마의 교서' 였다. 이에 대해 염장은 다음과 같이 말하고 있다고 전해지고 있다.

"장보고를 대역죄인이라고 선포하는 대왕마마의 교서가 없다면 아무리 소인이 장보고의 목을 베어 죽인다고 하더라도 그의 부하들이 이를 용납하지 않을 것입니다. 비록 장보고가 죽었다고 할지라도 주인의 원수를 갚기 위해서 반란을 일으킬지도 모를 것이나이다."

자객 염장이 내건 두 가지의 조건은 합당한 것이었나.

그 다음 날 즉시 김양은 은밀히 배훤백을 불러 말하였다.

"옛말에 이르기를 '척구패요'라 하였다. 이는 '도척이 기르는 개는 요임금 같은 성인을 보고도 짖는다'는 뜻이다. 이처럼 개는 주인을 위해서 짖는 것이다. 네가 한때 활을 쏘아 내 다리를 맞춰 쓰러뜨린 것도 너의 주인을 위해서 짖은 것이므로 너는 의사라 할 수 있다. 그런데 너의 옛 주인은 이미 죽었으니, 이제 너의 주인은 누구일 것이냐."

"신의 주인은 오직 나으리뿐이나이다."

"그러하면 그대가 이제 나를 위해 짖어줄 것인가."

"여부가 있겠습니까."

"그대의 목숨일지라도."

김양의 말에 배훤백이 단숨에 대답하였다.

"이 몸은 이미 주인의 것이나이다. 이미 한 번 죽었던 몸인데 두 번 죽는 것이 무슨 두려움이 있겠나이까."

"그럼 그대의 목숨을 다오."

김양이 말을 하자 배훤백은 스스로 칼을 빼어 자신의 목을 찔러 자결하였다.

배훤백의 목을 벤 후 그 목 없는 몸만을 따로 성대하게 장례를 치러주면서 김양은 울며 다음과 같이 한탄하였다.

"일찍이 노자가 이르기를 평소에는 충불충(忠不忠)의 구별이 판연치 않으나 일단 국가의 변란이 일어났을 때 충신의 진가를 알 수 있다 하였는데, 그대야말로 경경단충(耿耿丹衷)의 충신이로구나."

한편 염장은 소금에 절인 배훤백의 수급과 대왕마마의 교서를 들고 단걸음에 청해진으로 출발하였다.

염장이 청해진으로 출발한 다음 날 경주에는 다음과 같은 소문이 나돌았다.

무주인 염장이 농공행상에 불만을 품고 배반하였다는 소문이었다. 또한 배훤백의 목 없는 시체가 그의 집에서 발견된 것이었다. 이 소문을 뒷받침이라도 하듯 경주의 곳곳에는 염장을 수배하는 방문이 나붙었다.

염장을 잡아오는 자에게는 큰 상을 내리겠다는 공고였다. 그러나 이런 공고가 나붙었을 무렵에는 이미 염장은 청해진으로 들어서고 있었다.

이때의 기록이 《삼국사기》에 다음과 같이 짤막하게 나오고 있다.


…… 염장이 거짓으로 나라를 배반한 양으로 청해진에 투항하였다.

제
4
장

종장 終章

# 1

아직 동트기 전이라 바다는 캄캄하고 검은 흑의를 입은 듯 어두
웠다.

절기상으로 상원(上元)이라고 불리우는 정월 대보름의 새벽이었
으므로 바다에서부터 살을 에이는 듯한 칼바람이 불어오고 있었다.
두터운 옷을 껴입고 있었지만 옷 틈으로 스며드는 바람을 막기 위
해서 나는 잔뜩 몸을 웅크리고 있었다. 지난밤 나는 이 마을에 도착
하였으며, 주민으로부터 새벽 6시쯤 이곳 방파제 앞에서 만나기로
약속해두었던 것이었다.

"6시쯤부터 당제가 시작됩니다."

마을의 이장으로부터 그렇게 미리 전갈을 받았으므로 시간에 맞춰 방파제 앞으로 나온 것이었다. 방파제 앞에 온 후에야 나는 왜 당제가 새벽 6시쯤부터 시작되는가를 알 수 있었다.

장좌리 마을에서부터 장도로 들어가는 바닷길이 열리는 시간이 바로 그 무렵부터였던 것이다.

밤새도록 밀물이 밀려와 한껏 해면이 높아졌던 만조가 서서히 썰물로 바뀌어 조금씩 옅어지는 바닷물 사이로 사람이 걸어 들어갈 수 있을 만큼 뻘밭이 드러나고 있었던 것이다.

아직 완연하게 물이 빠지지는 않았지만 잠시 후면 마을사람들이 섬으로 돌아갈 수 있을 만큼 바닷길이 열릴 것이다. 따라서 출렁이는 바닷물도 마치 마개를 뽑은 욕조를 빠져나가는 물처럼 입맛 다시는 소리를 내면서 빠르게빠르게 사라지고 있었다.

남도의 풍습은 열나흗날 저녁부터 보름달이 밝아야 운수가 좋다고 해서 온 집안이 환해지도록 모든 불을 켜놓고 배를 가진 사람들도 배에 환히 불을 밝힌다고 했던가. 장좌리의 마을은 집집마다 불을 환히 밝혀놓고 있었으며, 검은 바다 위에 떠 있는 고깃배들에도 불이 환히 켜져 있었다.

따라서 섣달 그믐날의 제야(除夜)처럼 온 마을은 당제(堂祭)를 앞두고 축제분위기에 휩싸여 있는 느낌이었다.

매년 정월 대보름에 열리는 당제.

마을주민 전체가 참가한 가운데 장좌리 마을과 장도 주변에서 벌어지는 당제는 일종의 부락제로서 1975년부터 지방문화제로 지정되어 있다. 1975년에야 비로소 지방무용문화제로 지정되었다 해도 해마다 정월 대보름에 벌어지는 당제는 이미 수백 년 전부터 내려온 이 마을만의 독특한 풍물놀이인 것이다.

　아니다.

　이를 어찌 풍물놀이라고 할 수 있을 것인가.

　이 당제야말로 죽은 사람의 넋을 기리는 지노귀굿이 아닐 것인가. 지노귀새남. 죽은 사람의 넋이 극락에 가도록 베푸는 일종의 씻김굿인 것이다. 다만 여느 씻김굿과 다른 것은 무당이 동원되지 않고 오직 마을주민들에 의해서 자발적으로 벌어지는 진혼제라는 것이다. 그러면 마을사람들은 수백 년 동안이나 도대체 누구의 넋을 기리기 위해서 이러한 당제를 벌리고 있는 것일까.

　시왕가름.

　불교에서는 저승에 있다는 10대왕 중의 하나인 시왕(十王). 죽은 사람의 생전의 죄를 심판하고, 시왕에게 죽은 사람의 명복을 빌기 위해서 벌리는 당굿. 그러면 마을사람들은 도대체 누구의 명복을 빌기 위해서 자발적으로 해마다 정월 대보름날 당제를 벌리고 있는 것일까.

　우리나라에서는 전통적으로 보름달이 의미하는 뜻이 매우 강하지 않았던가. 정월 대보름이 그렇고, 추석 또한 보름날이 아닐 것인가.

나는 코트의 깃을 올리고 밤하늘에 뜬 달을 쳐다보았다. 오늘밤에 뜨는 달은 정월 대보름 전야의 달. 옛 풍속으로는 이날 밤은 제야와 같이 밤을 새우고, 밤을 새우면 눈썹이 하얗게 센다고 하였던가. 그러나 밤하늘 그 어디에도 달의 모습은 보이지 않았다.

먹구름이 잔뜩 하늘을 가리고 있어 별조차 보이지 않았고, 언제 눈이라도 내릴 것 같은 음산한 느낌이었다.

장보고.

신라 문성왕 3년. 841년에 죽은 인물. 우리나라에서는 장보고를 반역자로 묘사하고 있다. 따라서 《삼국사기》는 장보고를 다음과 같이 기록하고 있는 것이다.

…… 청해진의 대사 궁복이 자기의 딸을 왕비로 들이지 않는 것을 원망하여 청해진에 거하여 반기를 들었다.

그러나 과연 그러함이었을까.

무릇 역사는 항상 이긴 자의 편에서 기록하고, 승리한 자의 편에서 평가되게 마련인 것. 장보고도 반기를 든 반역자로 기록되고 있는 것은 그가 역사 속에서 패배자로 낙인찍힌 때문이 아니었을까. 결과적으로 승리한 사람은 김양. 장보고의 힘을 빌려 평동대장군으로 민애왕의 관군을 격파한 김양. 김양을 비롯한 신라의 신흥귀족 세력의 눈으로 볼 때는 장보고야말로 시대의 역적이 아니었을까.

그렇게 보면 장보고야말로 억울하게 죽은 원혼인 것이다. 그 원혼을 달래기 위해서 이곳에 살고 있는 주민들은 아득히 먼 옛날부터 누가 시킨 것도 아닌데 자발적으로 해마다 음력대보름날, 장보고의 넋을 기리는 진혼제를 열고 있으니. 그렇다면 이 당제야말로 1천 년 이상 내려오는 새남굿인 것이다.

그때였다.

갑자기 마을 쪽에서부터 정적을 깨고 꽹과리소리와 징소리가 들려오기 시작하였다. 마침내 당제가 시작된 모양이었다.

나는 팔짱을 끼고 요란스러운 꽹과리소리와 징소리의 풍물소리를 들으며 장보고의 본영이 있었던 장도를 바라보았다. 아직 동은 트지 않았지만 어둑새벽인 탓인지 어둑어둑한 빛이 물처럼 스며들고 있었다. 빛을 받아들이는 것이 견디기가 어려운 고통인지 어둠은 더욱 기승을 떨치며 심술을 부리고 있었고, 쓸려나가는 바닷물 역시 투정을 부리듯 칭얼대고 있었다.

아니다.

나는 머리를 흔들면서 생각하였다.

장보고는 반역자가 절대로 아니었다.

장보고가 비참하게 암살당해 죽었던 것은 그가 자신의 딸을 왕비로 삼아 개인의 영광을 꾀하기 위해서가 아니라 병든 신라의 어지러운 정치를 바로잡기 위해서 본의 아니게 정쟁에 말려들었다가 장보고의 세력을 두려워한 김양을 중심으로 한 신흥귀족의 흉계에 말려들었기 때문인 것이다.

장보고.

그는 역사 속에서는 분명한 패자였으나 이처럼 민중들에 의해서 1천 년 이상 기억되고 패자부활전을 통해 다시 살아난 바다의 신인 것이다. 마을사람들이 저렇게 당세를 지내는 것은 억울하게 죽은 장보고의 넋을 기리고 마을의 안녕과 풍요를 빌기 위해서 바다의 신인 장보고에게 제사를 지내고 있는 것이다.

그렇다면 1천 2백 년 전 청해진에 본영이 있었던 저 장도에서는 무슨 일이 있었던가. 김양의 밀명을 받고 장보고를 암살하기 위해서 배훤백의 수급을 들고 청해진으로 거짓 투항한 염장. 그는 도대체 어떻게 삼엄하기 짝이 없는 청해진의 군영 속에서 장보고를 암살할 수 있었던 것일까.


문성왕 3년 봄.

염장은 청해진으로 들어오는 즉시 군사들에게 체포되었다. 염장을 본래 김양의 심복부하로 생각하고 있던 이순행이 그를 체포하여 감옥에 가두어버린 것이었다. 그러자 염장은 이순행에게 소리쳐 말하였다.

"옛말에 이르기를 항자불사(降者不死)라 하였소. 항복하여 오는 사람은 잡지도 말고, 죽이지도 아니한단 소리요. 하물며 신은 항복하여 찾아온 것이 아니라 신의를 지키기 위해서 왔소이다. 그런데

158

어찌하여 그대는 나를 이처럼 포박하는 것이오."

그러자 이순행이 웃으며 말하였다.

"네가 어찌하여 신의를 지키려 왔다 하느냐. 하면 네가 무슨 의인이라도 된단 말이냐."

염장은 껄껄 소리 내어 웃으며 말하였다.

"하면 장보고 대사에게 이 상자를 보여주시오. 그러면 장보고 대사께오서도 저의 신의를 알게 되실 것이나이다."

이순행은 어쩔 수 없이 상자를 들고 장보고에게 찾아가 아뢰었다.

"대사 나으리, 염장이란 자가 나으리께서 이 상자를 보아주셨으면 하고 아뢰었나이다."

장보고는 그 상자를 열어보았다. 상자에는 소금에 절인 수급 하나가 들어 있었다.

"이것이 무엇이냐."

크게 놀란 장보고가 주위를 돌아보며 말하였다. 그러자 곁에 서 있던 어려계가 대답하였다.

"배훤백의 수급이나이다. 소문에 듣자옵기로는 염장이란 자가 조정을 배신하여 배훤백의 목을 베고, 청해진으로 도망쳐왔다 하나이다. 조정에서는 염장을 사로잡는 자에게 1만 냥의 포상을 한다는 방문을 내걸었나이다."

배훤백의 수급 옆에는 작은 종이 하나가 놓여 있었다. 장보고가 그것을 펼쳐보았더니 그 종이에는 다음과 같은 문장이 쓰여 있었다.

"夢中許人覺且不背其信"

"이 말의 뜻이 무엇인가."

장보고가 묻자 어려계가 대답하였다.

"이는 《신서(新書)》에 나오는 말로, 꿈에 약속하여 승낙한 것이라 할지라도 깬 후에는 꿈인지 알면서도 실행한다는 뜻이나이다. 이는 신의의 두터움을 가리키는 유명한 말이나이다."

"그럼 염장을 이리 들라 이르라."

"하오나 나으리."

이순행이 나서서 대답하였다.

"그자는 이리의 새끼여서 아무리 길을 들인다 하더라도 길을 들일 수 없는 이리일 뿐이나이다."

"일단 들라고 내 이르지 않았더냐."

장보고가 명령을 하자 어려계는 하는 수 없이 물러섰다. 마침내 끌려온 염장에게 장보고가 물어 말하였다.

"그대는 원래 대장군의 신하가 아니신가. 그런데 어찌하여 경을 배신하고 내게 투항하려 하는가."

이에 염장이 무릎을 꿇은 자세에서 말하였다.

"그렇습니다. 나으리. 신은 원래 대장군 나으리의 신하로 대장군의 명령이면 목숨을 아끼지 않았던 심복 중의 심복이었나이다. 하오나 대사 나으리. 신은 대장군의 신하였을 뿐 아니라 또한 대사 나으리의 충직한 신하이기도 하나이다. 나으리의 평동군을 지휘하는 군장 중의 하나로서 신은 어지러운 나라를 바로잡고 원수를 갚기 위해서 이 한 목숨 초개처럼 여기고 임전무퇴하였나이다."

염장이 피를 토하면서 말을 이었다.

"이처럼 신에게는 대장군과 대사 나으리는 나란히 주인이셨으며, 신의 주인과 같으셨나이다. 허나 대사 나으리, 이렇게 하여 도적을 멸하고, 새 임금을 즉위시켜 원수를 갚고 수치를 씻었사오나 도저히 눈을 뜨고 볼 수 없는 목불인견의 불상사가 일어난 것이나이다. 바로 도적을 도왔던 배훤백이란 자를 신의 상관으로 임명하였으며, 신은 도적의 심복부하를 직속상관으로 섬기게 되었사옵니다. 세상에 이러한 무도한 일이 어디 또 있겠나이까. 하늘과 땅이 뒤바뀌고, 강가의 돌이 하늘에 올라가 별이 되고, 천지개벽이 일어난다 하더라도 하늘 아래 이런 불충한 일은 없을 것이나이다. 따라서 배훤백의 목을 베고 그 길로 청해진으로 도망쳐 온 것이나이다. 옛 주인을 버리고, 새 주인이신 대사 나으리께 몸을 의탁하오니, 이를 어찌 배신이라고 하실 것이나이까. 신은 예전부터 대사 나으리의 신하였나이다."

말을 마치고 나서 염장이 엎드려 절을 하며 말을 이었다.

"하오니 대사 나으리께오서 신을 물리치지는 마시옵소서. 대사 나으리는 이제 제 새 주인이나이다. 옛말에 이르기를 취지무금(取之無禁)이라 하지 않았나이까. 임자 없는 물건은 마음껏 가져도 말릴 사람이 없다는 말이 아니고 무엇이겠나이까 이제 신은 임자가 없는 물건이오니 바라옵건대, 저의 주인이신 대사나으리옵서 마음껏 신을 가져주시옵소서."

장보고는 이미 염장이 들고 온 소금에 절인 배훤백의 수급을 보고 염장의 말에는 조금의 거짓도 없다고 생각하고 있던 터였다.

장보고도, 배훤백의 목숨을 살려주었을 뿐 아니라 모든 군사의 핵심부대인 시위부의 군장으로 임명하였다는 김양의 소문을 전해 듣고 있었던 것이었다. 그러므로 염장이는 당연히 분노하였을 것이다.

김양을 도와 수많은 전쟁에 참가하여 생사고락을 같이하였던 염장보다 도적을 도왔던 배훤백을 어느 날 직속상관으로 임명한다면 장보고 자신이라 할지라도 분노하지 않을 것인가. 따라서 장보고는 아무런 의심도 하지 않고 염장을 맞아들이려 하였다.

이에 대해 《삼국사기》는 다음과 같이 기록하고 있다.

…… 염장이 투항하니 장보고는 원래 장사를 사랑하는 터라 아무런 시의(猜疑)도 없이 그를 맞아 상객(上客)으로 삼았다.

그러나 이러한 장보고의 태도에 책사인 어려계가 간하여 말하였다.

"대사 나으리, 염장은 믿을 수가 없는 반골이나이다. 그자를 받아들여서는 아니 되옵니다."

"어째서 그러하냐."

장보고가 묻자 어려계가 대답하였다.

"대사 나으리는 10년 전의 일을 잊으셨습니까. 염장은 원래 염문이란 자로 해적이었나이다. 대사 나으리께오서 토벌할 때 체포되었던 마지막 해적이었나이다. 따라서 그 얼굴에 도적이란 묵형을 받았던 자로 비록 달군 쇠로 얼굴에 새긴 자문을 지웠다고는 하지만 해적 중의 해적이었고, 도적 중의 도적이었던 짐승만도 못한 자이나이다."

"물론."

장보고는 대답하였다.

"나도 그자의 얼굴을 본 순간 이미 해적이었음을 한눈에 알 수 있었다. 하지만 그자는 이미 무주의 도독이었던 김양으로부터 면천받아 정식으로 군장이 될 수 있었으며, 얼굴에 자문하였던 도적이란 글자도 지웠으니, 이미 더 이상 도적은 아닌 것이다. 그러니 어찌 한때 있었던 과거 일로 그자를 매도할 수 있을 것이냐.

또한 옛말에 이르기를 '가는 사람 잡지 말고, 오는 사람 막지 말라' 하지 않았더냐. 그가 원수의 목을 베어 투항하였는데 어찌 그를 의심하여 받아들이지 않을 수가 있단 말이냐. 내가 그를 받아들이지 아니한다면 그는 어디에서 목숨을 구할 수가 있단 말이냐."

《삼국사기》에는 장보고를 '원래 장사를 사랑하는 사람'이어서 염장을 받아들였다고 하였는데, 일찍이 김우징을 비롯하여 김양의 망명을 허락하였던 전례를 봐서도 자신에게 의탁하여 찾아오는 사람을 막지 않고 모두 받아들인 장보고의 인간적인 면모를 엿볼 수 있는 장면인 것이다.

장보고는 즉시 그날 밤 군막에서 연회를 열 것을 명하였다. 그것은 염장을 상객으로 맞아들이는 것을 축하하는 연회였던 것이었다.

어려계는 더 이상 장보고의 마음을 움직일 수 없을 것을 잘 알고 있었다.

장보고 역시 신라 조정에 대해 반감을 갖고 있지 않았던가. 자신의 딸 의영과 대왕과의 혼사가 늦어지고 있는 것은 모두 김양을 비롯하여 신라의 귀족들 때문이며, 신라의 귀족들이 반대하는 이유도 장보고 자신이 미천한 해도인 때문이란 사실도 잘 알고 있지 않았던가.

그러한 때 김양을 배신하고 배훤백의 목을 베고 도망쳐온 염문의 행동은 차라리 장보고의 가슴에 불어온 한줄기의 청풍(淸風)처럼 시원한 바람이었던 것이었다.

"염장을 맞는 성대한 연회를 베풀도록 하여라."

장보고는 어려계의 간언을 무시하고 명령하였다. 장보고의 추상과 같은 명령이 내려지자 어려계는 눈앞이 캄캄하였다. 어려계는 즉시 효장 이순행을 불러 다음과 같이 말하였다.

"큰일 났소. 대사 나으리께오서는 오늘밤 염장을 상객으로 맞아들이는 주연을 베풀라고 하셨습니다."

"그런데 무엇을 걱정하시나이까."

"신이 보기에는 아무래도 염장을 믿을 수가 없습니다. 그는 이미 창을 들어 같은 편의 목을 내리쳐 도과하였던 배신자입니다. 한 번 배신하였던 자는 두세 번 되풀이하여도 이를 망설이지 않을 것입니다."

도과(倒戈).

이는 《서경(書經)》에 나오는 말로 '창을 돌려 자기 편을 내리친다'는 배신의 뜻이었던 것이었다.

"하오니 군장께오서는 각별히 주의하셔서 염장의 몸을 샅샅이 수색하시옵소서. 조그만 쇠붙이라 할지라도 소지하지 못하도록 엄중히 검색하시옵소서."

어려계가 말하자 이순행이 대답하였다.

"여부가 있겠습니까. 하오니 심려하지 마시옵소서."

"또한 한 가지 부탁이 있나이다."

"그것이 무엇이나이까."

"주연에 참석할 때 염장에게는 반드시 '무릎걸음'으로만 걷게 하옵소서."

무릎걸음.

이름 그대로 무릎을 꿇고 무릎으로만 걷는 걸음. 이를 중국에서는 슬보(膝步)라 하였다. 가까운 근신들이나 측근들로부터 불의의 습격을 당해서 시해를 당하지 않도록 이를 미리 방비하기 위해서 흔히 왕실에서 사용되던 법도 중의 하나였던 것이었다.

무릎걸음으로만 걷는다면 천하의 자객이라 할지라도 칼은 한갓

무용지물이 되어버리는 법. 발의 움직임이 없이는 천하의 신검이라 할지라도 허수아비에 불과할 수밖에 없음이었다.

그리하여 옛 중국에서는 무사로서 적수를 죽일 때 칼로 베어 죽이느니 무릎의 한가운데 있는 종지뼈인 슬개골(膝蓋骨)을 빼어버림으로써 무사로서의 생명을 끊어버리기도 하였던 것이다.

무릎의 장딴지 뚜껑인 슬개골을 빼어버리면 그는 영원히 발을 세워 일어설 수 없으며, 일어설 수 없다면 그는 살아도 이미 죽어 있는 산송장과 다름없는 목숨이었기 때문이었다.

"좋습니다."

이순행은 어려계의 말이 무엇을 의미하고 있는가를 잘 알고 있었다.

"반드시 염장에게 무릎걸음을 시키도록 하겠습니다. 만약 염장이 이를 어겨 무릎을 세운다면 세우는 순간 즉시 칼을 들어 참해버릴 것입니다."

그날 밤 청해진에서는 염장을 상객으로 맞아들이는 운명적인 연회가 벌어졌다.

이에 대해 《삼국사기》는 다음과 같이 짤막하게 기록하고 있을 뿐이다.


장보고는 염장을 맞아들여 함께 술을 마시며 환락을 다하였다.

2

마침내 좁은 골목 어귀로부터 마을주민들이 나타났다. 어림잡아 3, 40명은 되어 보이는 사람들이었다. 붉고, 푸르고, 노란 삼색의 옷을 입고, 머리에는 울긋불긋한 농모를 쓰고 있었다. 그래서 얼핏 보면 당굿이 아니라 일종의 풍물놀이를 벌이는 농악행렬처럼 보였다. 푸른 영기(令旗)를 든 사람이 맨 앞 선두에 서서 행렬을 이끌고 있었는데, 그 깃발에는 다음과 같은 글자가 쓰여 있었다.

"청해장군 장보고"

영기를 앞세우고 소금(小金)이라 불리우는 꽹과리와 징, 장고 등 주로 타악기가 중심이 되는 악기를 연주하면서 마을사람들은 천천히 바닷물이 빠져나간 뻘밭으로 들어서기 시작하였다. 그제서야 먼 동이 트기 시작하고, 희붐하게 새벽빛이 스며들기 시작하였다. 원래 풍물은 농악을 연주하면서 몇 개의 기하학적 도형으로 군진을 형성하는 것이 보통이었으나 마을 사람들은 다만 원형모양을 형성하면서 끊임없이 맴을 돌며 청해진의 본영이 있던 장도 안으로 진입해 들어가고 있었다. 어떤 의미에서 그 굿 형태는 전시에 적을 향해 공격해들어가는 군진을 연상시키고 있었다. 따라서 그들이 연주하는 악기는 일종의 군고악(軍鼓樂)이었다.

나는 맨 뒷줄에 서서 그들의 행렬을 따라 걸었다.

그 옛날 염장도 장보고를 암살하기 위해 이 장도로 숨어들었을 것이다. 그러나 어째서 천하의 영웅 장보고는 이처럼 허술하게 자객으로부터 목숨을 잃을 만큼 무신경하였던 것인가.

일단 장도의 섬으로 들어선 행렬은 갑자기 악기의 연주를 멈추었다. 떠들썩하게 떠들며 웃던 농지거리도 멈췄으며, 심지어 발자국 소리마저 끊겼다. 그들은 마치 직진을 향해 숨어들어가는 척후병처럼 숨죽여서 언덕길을 오르기 시작하였다. 사냥꾼 포수역할을 하던 사람이 내게 속삭여 말하였다.

"저희들이 꽹과리나 징을 치지 않는 것은 몰래 적을 향해 습격하기 위해서입니다. 저희들의 공격을 적들이 눈치 채서는 안 되기 때문입니이다."

과연 신명나게 한바탕 풍장을 벌이던 마을사람들은 사냥꾼 모습을 한 포수를 앞세우고 침묵 속에서 재빠르게 언덕길을 오르기 시작하였다. 언덕길로 오르는 길은 꽤 가파른 경사를 이루고 있어 숨이 가쁜 사람들의 입에서는 하얗게 입김이 새어나오고 있었다.

한 번 동트기 시작하면 급속도로 날이 밝아지는 것일까. 이제 어둠은 거의 물러가고 완연한 아침이었다. 그러나 하늘을 뒤덮었던 구름 탓인지 태양은 보이지 않았고, 그 대신 살을 에이던 바닷바람은 한결 기세가 꺾여 있었다.

이윽고 언덕 위의 평평한 분지에 이르자 갈대숲을 가로질러 지나가던 행렬들은 일제히 꽹과리를 두드리고 함성을 지르기 시작하였다. 대부분 나이가 든 노인이었다. 무형문화재로 지정되었으나 전

수반은 사람들은 대부분 연로하여 이제는 거의 원형마저 상실되어 있는 듯 보였다. 제사준비는 이제 끝났는지 굿패들은 풍물을 치며 당집 주위를 세 번 돌았다.

마침내 장보고의 넋을 모시고 있던 사당 앞에 머물자 춤과 노래는 절정기에 이르고 있었다. 평소에는 굳게 닫혀 있던 사당의 문은 활짝 열려 있었고, 부정한 기운을 막는 금줄이 쳐져 있었다. 사당 주위에는 울창한 동백나무들이 자라고 있었는데, 동백꽃들이 붉은 혀를 내밀고 있었다.

이 한겨울에 동백꽃이라니.

나는 눈을 의심할 정도였다.

동백꽃이 한두 송이가 아니라 푸른 나뭇가지 사이로 마치 불이 붙은 듯 염려(艶麗)하게 피어 있었다. 일찍이 구한말의 사학자였던 문일평은 동백꽃을 보고 이렇게 말하지 않았던가.

"조선남방에는 동백초가 있어 한겨울에도 능히 염려한 붉은 꽃이 피어 무화의 시절에 홀로 봄빛을 자랑하고 있나니. 이 꽃이 동절에 피는 고로 동백꽃이란 이름이 생겼다."

문일평의 말대로 한겨울에 핀 꽃이라 하여서 이름하여 동백꽃, 중국에서는 바닷가에서 피는 꽃이라 하여서 해홍화(海紅花)라 하였던가.

나도 동백꽃이 한겨울에 피는 꽃이라는 것을 모르지는 않았다. 그러나 장보고의 넋을 기리기 위해서 진혼굿을 올리는 사당 바로 앞에 화려하게 피어난 염려한 동백꽃을 본 순간 나는 문득 저 피처럼 붉은 동백꽃이 선혈처럼 느껴졌던 것이다.

시인 서정주는 동백꽃을 두고 다음과 같이 노래하였다.


어느 해 봄이던가. 먼 옛날입니다.

나는 어느 친척의 부인을 모시고 성안 동백나무 그늘에 와 있었습니다.

부인은 그 호화로운 꽃들을 피운 하늘 어딘가를 아시기나 하는 듯 앉아 계시고

나는 풀밭 위에 흥건한 낙화가 안쓰러워서 주워 모아서는

부인의 펼쳐진 치마폭에 갖다놓았습니다.


서정주의 시처럼 동백나무 밑에는 동백꽃잎의 낙화가 흥건하게 떨어져 있었다. 그 낙화가 너무 새빨간 빛깔이어서 핏자국처럼 느껴졌다. 그것이 억울하게 죽은 장보고의 심장에서 흘러내린 피라고 순간 생각했던 것은 지나치게 내가 감상에 젖었기 때문일까. 나는 서정주의 시처럼 떨어지는 낙화가 안쓰러워서 허리를 굽혀 동백꽃잎을 몇 개 주워 주머니 속에 간직하였다.

마침내 제사가 시작되었는지 제의를 입은 이장이 사당에서 나를 손짓하여 부르고 있었다. 손님으로 찾아온 나였지만 함께 제관이 되어 제사를 집전하자는 손짓이었다. 나는 손을 저어 사양하였지만

다른 마을사람이 나의 손을 강제로 잡아끌었다. 나는 신발을 벗고 사당 안으로 들어갔다.

사당 안에는 세 방향 모두에 제상이 차려져 있었다. 그 한가운데에 장보고의 영정이 마련되어 있었고, 장보고의 신위가 함께 놓여 있었다. 흰 종이로 접어 만든 신위에는 다음과 같이 적혀 있었다.

"顯張淸海大使保皐之神位"

신위 앞에는 향불이 타오르고 있었다.

원래 사당에서는 네 사람의 신을 모시고 있다. 장보고를 중심으로 하고 송징(宋徵)과 혜일대사. 그리고 장보고의 의형제였던 정년. 이렇게 네 사람이었던 것이다.

송징은 이곳 출신의 섬사람으로 의용을 당할 사람이 없고, 활을 쏘면 60리에 그치고 활시위를 끊으면 피가 나왔다고 알려진 전설적인 인물이었다. 지금도 장좌리 서쪽에는 사현(射峴)이란 반석이 있는데, 이 돌 위에 송징이 쏜 화살의 흔적이 남아 그곳의 이름을 사현이라 하였다고 마을사람들은 전하고 있을 정도인 것이다.

그러나 송징은 실재하였던 역사적 인물로 고려 원종 12년(1271) 삼별초의 항난 때 이곳 완도를 일시 점거하여 항쟁을 벌이면서 지방민을 보살피던 영웅인 것이다.

혜일대사는 송징보다는 잘 알려진 바 없는 고려시대의 고승이라고만 알려져 있을 뿐. 그리고 나머지 한 사람은 정년. 바로 장보고의 의동생이었던 것이다.

제주를 맡은 이장은 내게 검은 건을 쓰게 하였다. 아마도 제사 때 머리 위에 쓰는 망건인 모양이었다. 세 번을 절하고 나서 제주는 흰 종이를 펼치고 축문을 읽기 시작하였다. 그리고 나서 제주는 소지를 태우기 시작하였다. 장보고의 넋을 달래기 위해서 얇은 흰 종이에 불을 붙여 공중으로 날리자 종이는 허공에서 몇 번을 곤두박질치다가 재가 되어 스러졌다. 그 모습을 보는 동안 내 가슴은 덧없이 피어났다 덧없이 스러진 장보고에 대한 연민으로 가득 차고 있었다. 어차피 우리들의 인생이란 덧없이 피어났다 덧없이 가는 나그네의 여정이겠지만 장보고처럼 덧없던 인생이 있었을까. 저 허공에 반짝 타올랐다 순식간에 재가 되어 버리는 흰 종이. 그처럼 장보고는 허망하게 최후를 맞은 것이다.

그렇다면 도대체 염장을 상객으로 맞아들이는 운명적인 연회에서는 무슨 일이 있었던 것일까. 그 연회에서 장보고는 어떻게 비참한 최후를 맞는 것일까.


그날 밤.

염장을 맞는 주연을 베풀기 전 이순행은 여려계의 말을 명심하여 염장의 몸을 수색하였다. 조그만 쇠붙이라 할지라도 소지하지 못하도록 엄중히 검색해달라는 여려계의 주문대로 이순행은 염장의 몸을 샅샅이 뒤져보았던 것이다.

물론 아무것도 나온 것이 없었다.

다만 대나무로 만든 피리 하나가 나왔을 뿐이었다.

"이것이 무엇이냐."

이순행이 물어 말하였다.

"세피리이나이다."

염장은 피리를 꺼내 보이며 말하였다. 묻지 않아도 한눈에 피리임을 알아보았던 이순행이었으나 물러서지 않고 다시 물어 말하였다.

"어찌하여 피리를 갖고 들어가려 하느냐."

그러자 염장이 대답하였다.

"대사 나으리께 노래 한 곡을 불러드리려고 일부러 품속에 넣어 갖고 왔나이다."

이순행도 염장이 신라 제일의 피리명인이라는 소문은 익히 들어 잘 알고 있었던 것이다. 그러나 이순행은 날카로운 눈으로 피리를 살펴보았다. 어려계로부터 들었던 말이 새삼스레 머릿속에 떠올랐기 때문이었다.

"일찍이 오나라의 자객 전저는 오나라의 왕을 죽일 때 물고기 뱃속에 비수를 숨겨두었나이다. 그러므로 염장이 품속에 갖고 오는 물건은 무엇이든 놓치지 말고 꼼꼼히 살펴보십시오."

어려계로부터 들었던 말이 떠올라 이순행은 피리를 주의 깊게 살펴보았다. 그러나 그것은 틀림없는 피리였다. 관에 입을 대고 부는 설까지 꽂혀 있는 필률이었던 것이었다. 어쩔 수 없이 피리를 갖고 들어가도록 허락하였으나 이순행은 다음과 같은 말을 빼놓지 않았다.

"연회장에서는 반드시 무릎걸음으로만 걷도록 하시오. 만약 이를 어길 시에는 즉시 칼로 베어 참해버릴 것이오."

이순행의 말을 들은 순간 염장은 눈이 캄캄하였다. 간신히 이순행의 눈을 속여 피리 겸 칼이 꽂혀 있는 무기를 반입하는 데는 성공하였으나 연회장 안에서는 반드시 무릎걸음으로만 걷도록 하라는 명령은 의외의 복병을 만난 셈이었던 것이다.

자객으로서 발을 사용할 수 없다는 것은 곧 죽음을 의미하는 것이었다. 칼을 사용하기 위해서는 반드시 꿇었던 몸을 세우고 몸을 일으켜야만 하는 것이었다. 터럭만큼의 경각에도 상대방보다 먼저 검을 사용하는 자에게 승리가 있는 것은 자명한 법. 꿇었던 몸을 세워서 대적하려 한다는 것은 이미 적에게 한 박자 지는 것이니, 따라서 이는 절대패배를 의미하고 있는 것이다.

염장은 무릎걸음으로 연회장을 기어오르면서 생각하였다.

'큰일 났다. 일을 모두 그르치게 생겼다.'

염장을 맞아 벌이는 연회장은 성대하였다. 장보고를 비롯하여 장변, 장건영 등 장보고의 효장들도 모두 참석하였다. 그들은 일찍이 염장과 더불어 평동군으로서 함께 김명의 군사를 무찔렀던 전우이기도 하였다. 다만 정년은 서라벌에 있어 참석하지 못하였는데, 염장으로 보면 이는 다행스런 일이었던 것이다.

그러나 염장이 무릎걸음을 하고 있는 모습을 본 장보고가 의아한 표정으로 물어 말하였다.

"그대는 어찌하여 무릎걸음을 하고 있음인가."

염장이 무릎을 꿇고 앉은 자세에서 아무런 대답도 하지 않자 곁에 서서 완전무장을 하고 있던 이순행이 대신 입을 열어 말하였다.

"신이 그러하도록 시켰나이다."

"어찌하여 그렇게 시켰는가."

"책사께오서 신에게 그리하도록 엄명을 내리셨나이다."

그러자 장보고가 불같이 화를 내면서 말하였다.

"내가 염장을 상객으로 맞아들이겠다고 분명히 이르지 않았더냐."

상객.

《삼국사기》에도 나와 있는 이 용어는 문자 그대로 '지위가 높은 손님'을 의미하는 것이었다. 따라서 상객이라 함은 가장 높은 자리를 말하는 상좌에 모시는 손님이란 뜻이었다.

"상빈(上賓)으로 맞아들이겠다고 내가 분명히 말하지 않았더냐. 이번 연회도 모두 염장을 위해 연 것인데, 어찌 주빈을 개처럼 무릎걸음으로 기도록 할 수 있단 말인가."

장보고는 소리쳐 말하였다.

"그대는 무릎걸음에서 일어나 걷도록 하라."

"아 아니 되옵니다."

이순행이 소리쳐 말하였다.

"어째서 아니된다는 것이냐."

장보고가 묻자 이순행이 큰 소리로 대답하였다.

"옛말에 이르기를 낭자야심(狼子野心)이라 하였나이다. 이리의 새끼는 아무리 길을 들이려 해도 야수의 성질을 버리지 못한다는 뜻이나이다."

이리의 새끼.

신의가 없이 배신을 일삼는 염장을 일부러 모욕하여 이르는 말이었다. 그러자 장보고가 일부러 자리에서 일어나 상좌를 비워주며 말하였다.

"그대는 내게 있어 상객이니 이리 와서 앉도록 하시오."

염장이 무릎걸음으로 기어오자 장보고가 다가가서 손수 부축하여 일으켜 세우면서 말하였다.

"어리석은 부하의 무례를 용서하여주시오."

염장이 몇 번을 사양한 후 정좌하자 곧 연회가 시작되었다. 《삼국사기》에 기록된 대로 권커니 잣커니 술을 나눠 마시며 환락을 다하는 흥겨운 잔치였다. 염장은 자신이 목적하는 바가 있었으므로 조심스럽게 술을 마셨으나 장보고를 비롯한 모든 군장들은 분위기에 취해 곧 대취하고 말았다.

한바탕 술자리가 무르익자 마침내 때가 왔음을 안 염장이 입을 열어 말하였다.

"대사 나으리."

염장이 품속에서 피리를 꺼내들고 말하였다.

"신이 배운 것은 없어도 일찍부터 피리 하나는 조금 불어왔었나이다. 이처럼 변변치 않은 소인을 위해 성대한 주연을 베풀어주셨으니, 신이 보답하여 대사 나으리께 산조 한 수를 불러드리겠나이다."

염장이 말하자 장보고는 기뻐서 박수를 치며 말하였다.

"그대의 명성은 익히 전해 듣고 있소이다. 그러니 어서 한 곡조 들려주시오."

염장은 피리를 불기 시작하였다. 원래 피리로는 진양이나 중모리의 가락은 연주하는 사람이 없었으나 염장은 피리의 명인답게 구성지게 산조를 연주하고 있었다. 그가 연주하고 있는 노래는 〈무등산곡〉. 옛 백제인들이 무등산에 성을 쌓을 때 태평성대를 누리며 즐겨 불렀다는 전설 속의 그 노래였던 것이다.

구성진 피리소리가 흘러나오자 곧 분위기는 숙연해졌다.

장보고는 눈을 감고 염장이 연주하는 피리소리를 묵묵히 듣고 있었다.

피리를 불면서도 면밀하게 주위를 살피던 염장은 마침내 기다리던 때가 왔음을 알았다. 주연은 파장에 가까워 참석하였던 모든 사람들은 거의 모두 인사불성에 가까울 정도로 대취하여 있었다. 장보고도 몸을 가눌 수 없을 만큼 술에 취해 비스듬히 몸을 기울인 채 앉아 있었다.

단 한 번, 단칼에 장보고를 쓰러뜨리지 않으면 안 된다.

염장은 피리를 불면서 생각하였다.

장보고 주위에는 오직 한 사람 이순행만이 완전한 군장을 한 채술 좌석을 지키며 호위하고 있지 아니한가. 그러므로 장보고의 가슴을 찔러 살해하는 순간 이순행의 목숨까지 동시에 빼앗아야만 할 것이다. 그래야만 이번 거사는 성공을 거둘 수 있을 것이다.

피리를 불던 염장이 마침내 조심스레 설을 뽑아 들었다.

설을 뽑아 내리자 날카로운 칼이 나타났다.

거의 동시에 앉아 있던 염장의 몸이 자리를 박차고 일어나 허공으로 솟아올랐다. 순식간의 일이었다.

염장의 몸이 새처럼 날아올랐다. 날았던 염장의 몸이 떨어져 내리며 장보고의 목을 곧바로 찔렀다. 이른바 역린자(逆鱗刺)였다. 일격에 급소를 난자당한 장보고는 비명소리조차도 내지 못하고 쓰러졌다. 장보고의 목에서 피가 분수처럼 솟았다.

장보고를 호위하던 이순행이 크게 놀라 칼을 빼어들었으나 연이어 낮은 궁보(弓步)로 공격하는 자세인 탐해세(探海勢)로 일격을 가한 염장의 칼에 이순행의 갑옷이 찢기면서 가슴이 베어졌다.

이 모든 일이 눈깜짝할 사이에 일어난 일이었다. 인사불성이 될 정도로 술에 취한 군장들이 눈앞에서 벌어지는 광경이 결코 꿈이 아니라 현실이라는 사실을 깨달은 것은 이미 모든 사태가 일단락된 이후였다.

경악하면서 일어선 군장 앞에 염장은 대왕마마로부터 받은 교서를 펼쳐 던지면서 다음과 같이 말하였다.

"대왕마마께오서는 장보고 대사를 역적으로 선포하시었소. 하오니 신이 장보고 대사를 암살한 것은 사사로운 개인의 원한이 아니라 어명으로 그러한 것이니, 여러 군장들은 경거망동하여 역린을 건드리지 마시오."

역린.

'용의 목 근처에 거꾸로 난 비늘'을 말하는 것으로 이를 건드리면 용은 성을 내어 그 건드리는 사람을 죽여버린다는 전설에서 비롯된 말로 군주가 성내는 것을 비유해서 쓴 말이었던 것이다.

여러 군장들은 염장의 말을 듣고 다투어 교서를 살펴보았다. 분명 그것은 대왕마마가 자신의 선지(宣旨)를 널리 알릴 목적으로 적은 조서(詔書)임에 틀림이 없었다.

따라서 군장들은 자신의 눈앞에서 생생하게 벌어진 참극에도 더 이상 어찌지 못할 수밖에 없음이었다. 칼을 들어 염장을 벤다면 어명을 거슬러 대왕께 반역을 꾀하는 역적이 되어버리는 것이었다.

이에 대해 《삼국사기》는 다음과 같이 기록하고 있다.

장보고가 취하자 염장은 칼을 들어 목을 벤 후 그의 무리들을 불러놓고 설유(說諭)하니, 그들은 땅에 엎드려 감히 움직이지 못하였다.

# 3

당제를 끝마친 사람들은 사당 앞에서 잔치를 벌이기 시작하였다. 제사상 위에 놓였던 소머리를 썰고, 신께 흠향하였던 음식들을 함께 나눠먹기 시작하였다.

그제서야 동네 아낙네들이 참석하여 시중을 들고 있어 마치 온 마을의 잔치가 되어버린 느낌이었다. 마을사람들은 다투어 내게 술을 권하였다. 어쩔 수 없이 받아 마신 술이 서너 잔 이상 되다보니 곧 취기가 오르기 시작하였다.

당제를 올리는 동안 날은 완전히 밝았다. 여전히 두터운 구름이 하늘을 덮어 잔뜩 흐린 날씨였으나 바다는 말짱히 개어 있었다. 바람이 잦아든 탓인지 파도도 잔잔하여 마치 호수처럼 보였다.

나는 종이컵에 따른 술잔을 들고 일행과 떨어져 토성 위에 혼자 앉아 담배를 피워 물었다. 넓은 바다 위에는 드문드문 섬들이 떠 있었는데, 하늘에서 뭔가 푸득푸득 떨어지고 있었다.

눈이었다.

마치 새의 깃털처럼 눈은 흩날리고 있었다.

장보고는 바로 이곳에서 허무하게 죽었다.

나는 한 모금 술을 마시며 생각하였다. 그때가 문성왕 3년 봄이었다. 《삼국유사》에는 《삼국사기》와는 달리 장보고의 죽음과 염장의 활동을 비교적 상세하게 기록하고 있는데 그 내용은 다음과 같다.

...... 염장이 임금의 뜻을 받들고 청해진에 들어가 안내자를 통해 말하되 내가 임금에게 적은 원망이 있어 공에게 위탁하여 신명을 보존하려 한다 하였다. 장보고가 듣고 대노하여 가로되 너희 무리가 왕에게 간하여 나의 딸을 폐하였는데, 어찌 나를 보려고 하느냐고 하였다. 염장이 다시 통하여 가로되 그것은 백관이 간한 것이오.

나는 거기에 참여치 않았으니 공은 혐의치 말라 하였다. 장보고가 듣고 청사에 불러들여 가로되 그대가 무슨 일로 여기 왔느냐 하자 염장이 대답하기를 왕의 뜻을 거스른 바 있어 그대의 막하에 와서 해를 면하려 한다 하였다. 장보고가 가로되 다행한 일이다 하고 술을 나누며 매우 기뻐하였다.

그때 염장이 칼을 빼어 장보고를 죽이니 휘하의 군사가 크게 놀라서 모두 땅에 엎드리는 지라 염장이 경주에 올라와 복명하여 가로되 이미 장보고를 베었다 하니, 왕이 기뻐하여 상을 주고 아간(阿干)으로 삼았다.


그러면.

나는 흩날리는 눈발을 보면서 생각하였다.

그토록 두려워하던 장보고를 죽인 김양은 그후에 어떻게 된 것일까. 기록에 의하면 장보고의 목을 벤 염장은 그길로 장보고의 수급을 소금에 절인 채로 들고 경주로 돌아왔다고 한다. 이 소식을 듣고 누구보다 크게 기뻐한 사람은 바로 김양이었다.

"수고하였소이다."

김양은 염장의 손을 잡고 부드럽게 웃으면서 다음과 같이 말하였다.

"그대가 나라를 구하였소. 그대야말로 구국충정의 충신이오."

염상에게는 그 즉시 벼슬이 내려섰다.

이로써 염장은 장보고를 죽임으로써 개인의 사사로운 복수를 갚을 수 있었을 뿐 아니라 일약 국가의 공신으로 해적에서 신라의 귀족으로 거듭날 수 있게 된 것이다.

한편 김양은 염장이 소금에 절여온 장보고의 수급을 홀로 바라보면서 말하였다.

"실로 오랜만이요. 장대사."

장보고의 수급은 눈을 부릅뜨고 있었다. 홀로 술을 마시던 김양은 자신의 잔에 술을 따라 장보고 앞에 내어놓으며 세 번을 크게 웃으며 말하였다.

"그대의 다리는 어디에 두고 이처럼 머리만 홀로 오셨는가."

두족이처(頭足異處).

참수를 당하여 머리와 다리가 따로 떨어진 장보고의 해골을 바라보면서 마음껏 승리감에 젖어 있던 김양은 곧 다시 큰 소리로 세 번을 울면서 말하였다. 아버지의 울음소리에 크게 놀란 딸 덕생이 달려와 물어 말하였다.

"어찌하여 아버지께서 통곡을 하시나이까."

그러자 김양은 다음과 같이 말하였다.

"옛말에 이르기를 영웅미사심(英雄未死心)이라 하였다. 천하의 영웅이었던 장보고 대사께오서 뜻을 이루지 못하고 중도에서 이처럼 비참하게 죽었으니 내가 어찌 슬퍼하지 않겠느냐. 그러나 그 마음만은 죽지 않고 영원히 살아 있음이니, 너무 슬퍼하지 마시고 왕생극락하시오."

김양은 장보고의 목 앞에 술잔을 세 번 바치고 나서 자신의 딸 덕생에게 말하였다.

"너는 이제 궁중으로 들어가 대왕마마의 차비가 될 것이니, 몸과 마음을 정결히 보존토록 하라."

이로써 김양은 장보고를 죽임으로써 낭혜화상으로부터 점지받은 천하의 권세를 얻게 된 것이었다.

장보고의 딸 의영 대신 자신의 딸 덕생을 문성왕의 차비로 간택시킴으로써 '계집 셋을 통해 반드시 세를 이룬다'는 낭혜화상의 참언은 마침내 완성된 것이었다.

이에 대해 《삼국사기》는 다음과 같이 짤막하게 기록하고 있다.

문성왕 4년 3월.
아찬 위흔(김양)의 딸을 맞아들여 비로 삼았다.

자신의 입신양명에 최대의 걸림돌이었던 장보고가 제거되자 천하의 권력은 모두 김양에게로 돌아갔다. 더 이상 김양의 앞에는 거칠 것이 없음인 것이었다.

자신의 딸을 임금에게 간택시킴으로써 그는 나라의 아버지인 국부가 되었으며, 왕은 김양의 공을 치하하여 소판 겸 창부령(倉部令)을 제수하었나. 얼마 안가서 시중 겸 병부령(兵部令)에 진임힘으로서 온 국가의 병권을 장악하게 되었다. 당나라에서조차 그의 막강한 권세에 걸맞는 검교위위경(檢校衛尉卿)에 제수하였는데, 이때 그의 나이 불과 40세의 일이었다.

그런데 바로 이 무렵 그의 사촌형이었던 김흔이 죽었다는 소식이 전해왔다. 김흔은 죽은 민애왕의 대장군이 되어 관군 10만 명을 거느리고 대구에서 김양이 이끄는 평동군과 싸우다 패전하자 벼슬을 버리고 소백산중에 들어가 다시는 벼슬을 하지 않고 은둔생활을 하고 있었던 것이었다.

그러나 이러한 거친 생활을 하면서도 김흔의 얼굴에는 웃음이 사라지지 않고 있었다. 그의 아내 정명부인이 항상 웃고 있는 남편을 향해 물었다.

"어찌하여 항상 그렇게 즐거우시나이까."

그러자 김흔은 대답하였다.

"어찌 즐겁지 않겠소이까. 거친 밥을 먹고, 물을 마시며, 팔을 굽혀 베더라도 즐거움은 그 가운데 있으니, 의롭지 못하고서 부하고 귀함은 내게 있어 뜬구름과 같소이다. 지난 조정에서의 생활이 바

184

로 뜬구름임을 이제 알았으니, 내 어찌 즐겁지 않겠소이까."

김흔의 말은 《논어》에 나오는 공자의 말이었다.

공자가 자신의 제자인 안회(顔回)가 한 그릇의 밥과 한 표주박의 음료수, 즉 '일단식일표음(一單食一瓢飮)'의 비참한 생활에도 가난한 것에 마음을 얽매이지 않고 그 속에서 항상 진리만을 탐구하는 마음을 잃지 않는 모습을 보고 이를 찬탄하는 데서 비롯된 말이었던 것이다.

김흔이 이렇게 은둔생활 속에서 나머지 생활을 살다가 마침내 이 세상을 떠났다.

이때의 기록이 《삼국사기》에 다음과 같이 나와 있다.

"소백산중에 들어가 베옷을 입고, 채소를 먹으며, 중들과 함께 놀다가 문성왕 11년 8월 27일에 병들어 산재(山齋)에서 세상을 떠나니 향년 47세였다."

김양은 종부형이 죽었다는 소식을 전해 듣자 흰 상복을 입고 직접 나아가 김흔의 장례식을 성대히 치러준 후 그를 지금의 영주군인 나령군(奈靈郡)의 남쪽 언덕에 장사를 치러주었다.

모든 장례식이 끝난 후 김양은 은밀히 김흔의 부인이었던 정명부인을 불러 다음과 같이 말하였다.

"어떻습니까, 부인. 이제 모든 상사가 끝났으니 개가(改嫁)하는 것이 어떻겠습니까."

김양은 정명부인을 똑바로 쳐다보며 단도직입적으로 말하였다.

흰 소복을 한 정명부인은 여전히 아름다웠다. 그녀가 한때 자신과 정혼했던 사이였음을 넌지시 김양은 암시하면서 이렇게 말하였다.

"부인과는 한때 가약을 맺었던 사이가 아니었나이까."

김양은 사보부인 또한 자진하여 죽었으므로 두 사람이 결합되는 데는 아무런 의의가 없었던 것이었다. 그러나 정명부인은 단호하게 대답하였다.

"이 몸은 이미 한 지아비를 섬겼던 아녀자이나이다. 하오니 어찌 두 지아비를 모실 수 있겠나이까."

그러나 김양 역시 만만치 않았다. 그는 웃으며 다음과 같이 말하였다.

"옛날 원효대사는 심법을 깨달은 뒤에는 스스로 소성거사라 칭하고, 남편이 죽어 과부가 된 요석공주와 잠자리에 들어 훗날 대 학자가 된 설총을 낳지 않았나이까. 천하의 대 고승께오서도 그러하실진대 하물며 저희 같은 속민들에 있어 그것이 어찌 허물이 될 것이나이까. 더욱이 부인께오서는 슬하에 자식이 없지 않으시나이까."

노골적인 구애행위에 정명부인은 조용히 일어나 다만 다음과 같이 말하였다고 기록은 전하고 있다.

"저는 이미 세상을 버린 지가 오래되나이다."

그러고 나서 정명부인은 산속으로 들어가 머리를 깎고, 스님이 되었는데, 《삼국사기》는 이를 다음과 같이 간단하게 기록하고 있다.

아들이 없는 부인이 모든 상사를 주관하였는데, 일이 끝난 뒤에는 산속으로 들어가 비구니가 되었다.

한편 장보고의 의형제였던 정년은 그후에 어떻게 되었을까. 그 어디에도 장보고가 암살당한 후 정년에 대한 기록은 전혀 나와 있지 않다. 그러나 몇 개의 단편적인 야사적 이야기만 남아 전하는데, 그 일화는 다음과 같다.

장보고가 암살당할 때 청해진에 없었던 정년은 그후 오랫동안 종적이 끊겼다. 많은 사람들은 그가 산속으로 들어가 승려가 되었다고 하였으나 전혀 알려진 바가 없었다. 그러던 어느 날 김양이 아내가 죽은 백률사에 들러 천도재를 지내고 있을 무렵이었다. 어쨌든 자신의 영달을 위해서 자진하여 죽었으나 자신이 죽인 것과 다름이 없는 사보부인을 위해서 김양은 해마다 천도재를 지내고 있었는데, 법당에서 분향을 하고 있던 김양에게 곁에 있던 승려가 갑자기 돌격하였다. 품속에서 칼을 들어 김양의 가슴을 찔렀으나 김양은 순간 몸을 피하였고, 비수는 김양의 어깨를 찢고 스쳐 지나갔을 뿐이었다. 놀란 주위의 군사들이 달려들어 그 스님을 붙잡았는데 붉은 피가 솟구쳐 나오는 어깨죽지를 부여잡고 스님의 얼굴을 물끄러미 바라보던 김양이 다음과 같이 말하였다.

"장군, 참으로 오랜만이오."

그러나 스님은 두 손을 합장한 채 아무런 말도 하지 않고 다만 염주를 굴리고 있을 뿐이었다.

"이제 그대의 솜씨도 예전 같지는 않구려. 칼이 빗나가 내 어깨를 찌른 것을 보면."

그러고 나서 더욱 놀라운 것은 김양이 주위의 군사들에게 다음과 같이 말을 하였던 것이었다.

"그를 그대로 보내주어라."

김양의 단호한 명령에 자객을 그대로 풀어준 후 군장이 김양에게 물어 말하였다.

"어째서 그자를 그대로 놓아주셨습니까. 그자는 검교경의 목숨을 노리던 살인자가 아니었나이까."

그러자 김양은 껄껄 웃으며 말하였다.

"그자를 살인자라고. 아니다. 그자는 충신이다. 옛말에 이르기를 질풍지경초(疾風知勁草)라 하였다. 이는 센바람을 만나 건듯 풀이 꺾이는데, 그중에 꼿꼿이 서 있는 풀을 볼 때 비로소 그 풀의 절개를 안다는 뜻인 것이다. 그자는 살인자가 아니라 혹풍을 만나도 꺾이지 않는 개우석이다."

개우석(介于石).

돌보다 굳은 사람의 지조를 가리키는 말로 김양이 칭찬한 사람, 그는 바로 정년이었던 것이다. 정년은 오랫동안 자신의 정체를 숨기고 자신의 의형인 장보고의 복수를 할 수 있는 날만을 손꼽아 기다린 것이었다. 해마다 김양이 죽은 부인을 위해 천도재를 백률사에서 올린다는 정보를 미리 알고, 그를 단칼에 죽이기 위해서 치밀한 준비를 하고 있었던 것이다.

김양은 사라진 정년이 또다시 나타날 것임을 잘 알고 있었다. 과연 김양의 예상은 그대로 적중된다. 그로부터 몇 년이 흐른 후였다.

김양이 왕궁에 입궐하였다가 자신의 집으로 돌아오고 있을 때였다. 갑자기 한적한 거리에서 걸인 한 사람이 김양의 수레를 향해 돌진하였다. 크게 놀란 말들이 소동을 벌이는 동안 호위군사가 걸인을 체포하였다. 걸인의 손에는 역시 짧은 단도 하나가 들려 있었으나 칼은 김양의 몸에는 접근조차 못하고 군사들에 의해 붙잡힌 걸인의 손에 들려 있을 뿐이었다.

수레를 멈춘 김양은 군사들에게 포박되어 있는 걸인의 모습을 물끄러미 쳐다본 후 웃으며 말하였다.

"오랜만이오, 장군. 세월이 흐르는 동안 그대도 많이 늙었구려."

걸인의 모습은 참으로 남루하였다. 그러나 산발한 머리와 더러운 행색에도 불구하고 김양을 노려보는 안광만은 형형하게 빛나고 있었다.

"어떻게 하면 좋겠소, 장군. 그대를 체포하여 감옥에 가둬 목을 베어버리리까."

그러자 걸인은 짧게 대답하였다.

"한 번만 더 기회를 주시오."

"하면 그대가 나를 죽이고 원수를 갚을 수 있다고 생각하고 있소이까."

"한 번만 더 기회를 준다면 반드시 내가 그대를 죽일 수가 있을 것이오."

"만일 그때도 여의치 않으면 어찌하겠소이까."

"그때에는"

걸인은 대답하였다.

"나를 죽이든 살리든 마음대로 하시오."

묵묵히 걸인의 모습을 바라보던 김양은 마침내 말하였다.

"그자를 그대로 보내주도록 하여라."

의아해하던 군사들에게 명령하고 나서 홀연히 사라지는 걸인의 뒷모습을 보며 김양은 혼잣말로 탄식하였다.

"옛말에 이르기를 세한송백(歲寒松柏)이라 하였다. 소나무와 측백나무는 엄동에도 변색되지 않고 그대로 푸르다는 말로 그대야말로 진정 푸른 소나무로구나."

문성왕 19년.

장보고가 죽은 지 16년이 지난 그해 여름.

김양은 사수대에 나가서 활을 쏘고 있었다. 평소에 활쏘기를 즐겨하여 가히 신궁이라 불릴 만큼 활을 잘 쏘던 김양이었지만 이미 그의 나이 50세에 이르러 노쇠하여 활솜씨는 현저히 떨어지고 있었다. 그래도 김양은 활쏘기를 즐겨하였는데, 그럴 때면 이렇게 변명하곤 하였다.

"활 쏘는 데의 즐거움은 명중하는 데 있는 것이 아니라 쏘는 행위 자체에 있다. 그러면 어떻게 쏘아야 하며 어떻게 들어맞아야 하는 가. 과연 몸을 바로해서 과녁을 맞히는 것만이 어질다고 하겠느냐."

이는 공자가 한 말인데, 김양은 이 말처럼 활을 쏘아 적중시키기 보다 활을 쏘는 행위만을 즐겨하고 있었던 것이다. 바로 그때 숲 속 에서 화살이 날라왔다. 그 화살은 김양의 가슴을 향해 정확하게 내 리꽂혔다. 김양은 현장에서 비명을 지르며 그대로 쓰러졌다. 주위 사람들이 놀라 다가갔으나 다행히 김양이 갑옷을 입고 있었으므로 화살은 갑주에 부딪쳐 튕겨나갔을 뿐이었다. 곧 군사들이 숲을 뒤 져 화살을 쏜 사람을 찾아내었는데, 그는 백발의 노인이었다. 노인 은 손에 동개활을 들고 있었다. 노인을 보자 김양이 물끄러미 보고 말하였다.

"그대의 활솜씨는 옛날 그대로요. 내가 갑주를 입지 않았더라면 그대로 내 심장에 꽂혔을 것이오."

"아아."

노인은 선 자리에서 무릎을 꿇고 탄식하여 말하였다.

"화살이 그대의 심장을 꿰뚫었는 줄 알았는데. 아아, 그대가 갑옷 을 입고 있었다니."

그러고 나서 노인은 손에 든 동개활을 부러뜨렸다.

"어째서"

이 모습을 본 김양이 물어 말하였다.

"어째서 활을 부러뜨리시오, 노인장."

그러자 노인은 대답하였다

"이제는 틀렸소. 그대가 내게 준 단 한 번의 천재일우도 이렇게 헛되고 말았으니. 더 이상 무슨 활이 필요하겠소이까. 자 이제 내 목숨은 그대의 손에 달려 있으니, 죽이는 말는 마음대로 하시오."

노인의 눈에서는 피눈물이 흘러내리고 있었다. 그 눈물을 바라보며 김양이 말하였다.

"내 손에 죽기를 바라시오, 아니면 혼자 죽기를 바라시오."

"어차피 내 목숨은 그대의 것이오만 허락된다면 자진하여 죽기를 원하오."

그러나 김양은 서슴지 않고 말하였다.

"가시오. 그리고 영원히 내 앞에 나타나지 마시오."

노인은 자리에서 일어나 한참동안 김양을 바라본 후 갑자기 품속에서 조그만 물건을 꺼내 들었다. 노인은 그 물건을 김양에게 바쳐 올리면서 말하였다.

"내 대신 이것을 보관하여주시겠소이까."

김양은 그 물건을 쳐다보았다. 그것은 불두(佛頭)였다. 순간 김양은 그것에 언젠가 청해진에서 보았던 장보고와의 신표임을 알 수 있었다.

"나는 이제 이것을 간직할 수 없소이다. 그러므로 내 대신 이것을 보관하여주시오."

말을 마친 정년은 두 손을 합장하고 고개 숙여 이렇게 말하였다.

"나무아미타불 관세음보살"

그리고 노인은 사라졌다. 김양은 노인 정년이 다시는 자기 앞에 나타나지 않을 것임을 알고 있었다. 그보다도 아무도 없는 깊은 산중에서 자진하여 명예롭게 죽어버릴 것임을 잘 알고 있었다. 김양의 생각은 그대로 적중되었다.

그로부터 며칠 뒤 8월.

김양은 잠을 자다 꿈을 꾸었는데, 꿈속에 정년이 나타났다. 정년은 김양을 향해 화살을 한 대 꿰어 들고 말하였다.

"천지신명이 이승의 그대를 보호하고 있더라도 저승에서 쏘는 이 화살만은 피하지 못할 것이오."

김양은 이리저리 피하려 하였으나 마침내 정년이 쏜 화살을 피하지 못하고 가슴에 정통으로 맞았다. 꿈에서 깨어난 김양은 식은땀을 흘리면서 말하였다.

"아아, 마침내 정년이 죽고 말았구나."

김양은 다시 한탄하여 말하였다.

"선왕께오서도 꿈속에서 이홍이 쏜 화살에 맞으신 후 곧 병환이 들어 붕어하셨다. 나도 마찬가지일 것이다. 내 생도 이제 얼마 남아 있지 않을 것이다."

김양의 탄식대로 며칠 뒤 김양은 숨을 거뒀다. 이때가 문성왕 19년, 서기로 857년 8월 13일이었다. 그의 나이 50세 때의 일이었다

천하의 세도가 김양의 죽음은 온 조정의 슬픔이었다. 이때의 기록이 《삼국사기》에 다음과 같이 나와 있다.

…… 김양이 시제(私第)에서 몽서(蒙逝)하니, 향년 50세였다. 부음이 알려지자 대왕은 김양에게 대각간(大角干)의 서발한(舒發翰)을 추증하였다. 모든 부의(賻儀)와 장례는 김유신의 상례를 따라 하였다. 그리고 12월 8일 태종 무열왕릉에 배장(陪葬)하였다.

자신의 소원대로 태종 무열왕릉에 배장됨으로서 청년 시절부터 꿈꾸었던 입신양명의 뜻을 이루고, 태종 무열왕의 후예로서 가문의 영광을 다시 세워 일으킨 김양. 장보고의 병력에 의지하여 권세를 얻었으나 최대의 걸림돌인 장보고를 제거함으로서 마침내 낭혜화상의 참언대로 세 명의 계집을 통해 권세를 장악하였던 김양. 그리하여 자신이 소망하듯 천하의 간웅(姦雄)이 되었던 김양은 이렇게 역사의 뒤안길로 사라져버리는 것이다.

4

제사를 끝내고 뒷전거리까지 마친 굿패들은 사당을 떠나 바닷가로 내려왔다. 그대로 돌아가는 것이 아니라 선착장에 매어놓은 다섯 개의 배에 나눠 타고 풍물놀이를 마무리하기 위해서 바다로 나아가는 것이었다.

이것이 당제의 하이라이트로 거나하게 술이 취한 사람들은 각각 예닐곱 명씩 나눠 타고 장도의 주위를 세 번 돌게 되어 있는 것이다. 배와 배들은 밧줄로 묶여 연결되어 있다. 맨 선두에 올라탄 풍물잡이가 이윽고 요란스레 꽹과리를 치기 시작하자 다시 신명난 풍물소리가 바다표면 위로 울려 퍼지기 시작하였다.

푸득푸득 내리던 눈은 알이 굵어져서 온 바다는 산탄총과 같은 눈발의 집중사격을 받고 있었다.

나도 취기가 올라 몸을 가눌 수 없을 정도였다. 배후미의 뱃전에 기대어 앉아 장도 주위를 돌면서 마지막 풍물 굿을 올리는 마을주민들을 바라보면서 생각하였다.

1천 2백 년 전.

장보고가 죽은 후 이 청해진에 살던 그 많은 사람들은 어떻게 되었을까. 이곳에 살고 있던 그 막강한 힘을 가졌던 군사들과 상인들은 모두 지금의 김제군인 벽골군(碧骨郡)으로 옮겨졌다.

바로 김양이 죽은 지 2년 후의 일이었다. 이때의 기록이 《삼국사기》에 다음과 같이 간단하게 나오고 있다.

문성왕 21년 2월에 청해진을 파하고 그곳 국민들을 벽골군으로 옮겼다.

벽골군에 있는 제방은 우리나라 역사상 최초의 둑으로 처음 축조되었던 시기는 백제 비류왕 27년(서기 330년)으로 그후 통일신라 원성왕 6년(서기 790년) 때 한 번 증축하였으나 그후 파손되었던 것을 청해진에 살던 주민들을 모두 옮겨 거대한 공사를 벌리게 함으로서 청해진 수민을 강제로 통제하려 했던 것이었다.

예부터 나라를 멸망시키면 그곳에 사는 주민들이 거점을 확보하여 반란을 일으킬까 봐 낯선 지방으로 소개(疏開)하여 분산시키는 법. 장보고를 임금처럼 떠받들고 있었던 청해진의 주민들을 벽골군으로 집단 이주시켜 제방을 쌓게 함으로서 마침내 청해진은 파해지고 우리 민족들은 바다를 잃게 된 것이었다.

그렇다.

나는 출렁이는 바다를 보면서 생각하였다.

장보고가 죽음으로써 우리 민족은 영원히 바다를 잃게 되었던 것이다.

순간 내 머릿속으로 그리스의 역사가 헤로도토스의 말이 생각났다. 인류사상 최초의 역사를 기록함으로써 역사의 아버지라 불리웠던 해로도토스는 '우리의 바다에는 많은 배가 떠 있다. 따라서 우리에게는 아버지의 땅이 있다'고 기록하고 있었던 것이다.

지중해의 많은 배가 떠다닐 수 있었으므로 작은 나라 그리스는 지중해 최고의 강국이 될 수 있었던 것이다. 그리하여 도시국가 그리스는 세계사상 가장 빛나는 문명과 문화를 가졌던 찬란한 보석이 될 수 있었던 것이었다. 그리하여 대웅변가 키케로는 이렇게 말하지 않았던가.

"바다를 지배하는 자가 곧 제국을 지배할 것이다."

장보고는 키케로의 말처럼 천하무적의 신라선단을 이끌고 남해를 다스렸으며, 또한 라이샤워의 말처럼 해양제국을 다스렸던 바다의 제왕이었다.

그 영웅을 잃음으로써 우리 민족은 함께 바다를 잃었던 것이다.

장보고.

역사 속에 패자부활전을 통해 다시 부활하여 살아난 장보고.

그는 해적들에 의해서 팔려가는 동족인 신라노예들을 보고 분노하였던 인본주의자였으며, 또한 우리나라 불교사상 처음으로 달마의 신법으로 종지(宗旨)로 삼는 '구산선문(九山禪門)'이 들어올 때이를 강력히 후원하였던 종교개혁자이자 사상가이기도 했었다. 멸망한 백제국 출신의 미천한 해도인으로 태어났으나 자신의 신분에절망치 아니하고 중국으로 건너가 무공을 세워 군중소장까지 이르렀던 꿈꾸는 미래인(未來人)이었으며, 또한 당나라에 머물고 있던 신라인들을 하나로 모으기 위해서 적산법화원이란 절을 세웠던 민족의 지도자이기도 했었다.

21세기.

바야흐로 국경도, 이데올로기도 없어진 시대에 오직 경제적 무한경쟁시대에 돌입한 21세기에 장보고야말로 우리가 반드시 본받아야 할 위대한 무역왕이었던 것이다.

당나라와 일본뿐 아니라 저 먼 아라비아 반도까지 이끄는 대무역의 바닷길을 개척하였던 다국적 기업이었으며, 흥덕대왕의 개혁의지를 그대로 실천해보였던 '무역지인간(貿易之人間)'의 현신이었다. 주일 미대사였던 라이샤워기 표현히였듯 '상업제국(Commercial Empire)을 건설하였던 위대한 무역왕(Merchant prince)'이었으며, 우리나라 역사상 유일무이한 단 한 사람의 세계인(世界人)이었던 것이다.

다섯 척의 배들은 바다 위에 펼쳐놓은 양식장을 교묘히 피해나가면서 장도를 맴돌며 춤을 추고 있었다.

마침내 어지럽게 흩날리던 눈발이 함박눈으로 변해서 어디가 바다이고, 어디가 하늘인지 구별할 수 없을 만큼 온 세상이 백색의 천지가 되어버렸다. 나는 손을 내밀어 출렁이는 바닷물에 담가보았다. 생각보다 따뜻한 바닷물이었다.

그리스 신화에 나오는 해신 포세이돈.

지중해가 청동의 발굽과 황금의 말 갈기가 휘날리는 명마들이 이끄는 전차를 타고 바다 위를 달리는 해신 포세이돈을 낳았다면 우리의 다도해(多島海)는 장보고를 낳았다.

지(知) · 정(情) · 의(意)를 갖추었던 전인적 인간 장보고.

일찍이 그리스의 철학자 소크라테스는 말하였다.

"나는 아테네인도 그리스인도 아니다. 나는 단지 세계의 시민일 뿐이다."

마찬가지로 장보고는 청해진인도, 신라인도 아니였다. 장보고는 우리나라 역사상 단 한 사람의 위대한 세계의 시민이었던 것이다. 또한 맹자는 말하지 않았던가.

"길은 먼 곳에 있는 것이 아니다. 길은 항상 가까운 곳에 있는 것이다."

맹자의 말처럼 바다 위에 길을 개척하고 세계로 가는 모든 길을 청해진으로 통하게 하였던 장보고. 그가 이룩하였던 해양제국은 세계로 가는 문이었으며 그가 이룩하였던 청해진은 세계가 내려다보이는 창이었다.

비록 비참하게 죽었더라도 죽어서는 신라의 명신이 되었고, 우리 민족에게 바다의 신화를 남겨준 단 한 사람의 영웅 장보고.

그래서 나는 장보고를 감히 바다의 신, 해신이라고 부른다.

나는 문득 사당 앞에서 주웠던 동백꽃잎을 떠올렸다. 그래서 주머니를 뒤져 꽃잎을 꺼내 한 잎 두 잎 바닷물에 던져넣었다. 어지러이 눈발이 내리는 푸른 바닷물 속으로 장보고의 넋을 상징하듯 꽃잎은 너울너울 춤을 추며 멀어져가고 있었다.

그 꽃잎을 본 순간 나는 문득 유치환의 시를 떠올렸다.


그대를 위하여
목 놓아 울던 청춘이 이 꽃이 되어

천 년 푸른 하늘 아래

소리 없이 피었나니

그날 한 장 종이로 구겨진 나의 젊은 죽음은

젊음으로 말미암은

마땅히 받을 벌이었기에

원통함이 설령 하늘만하기로

그대 위하여선

다시도 다시도 아까울 리 없는

아 아 나의 청춘 이 피꽃

나는 마지막으로 남은 동백꽃을 푸른 바닷물에 모두 집어던져넣
으면서 소리 내어 중얼거렸다.

유치환의 시처럼 1천 년 푸른 하늘 아래 소리도 없이 피어난 그대
여, 장보고여. 이제 잘 가시오. 그대의 원통함이 하늘처럼 크다 하
여도 다시도 다시도 아까워하지 말고 목 놓아 울듯 붉은 피꽃으로
피어나소서. 동백꽃으로 붉게 피어나소서.

## 작가 후기

2002년은 내게 있어 특별한 한해였다.

소설《해신》을 KBS와 다큐멘터리 작업을 하기 위해서 중국·일본은 물론 인도네시아·오만·이집트·터키·그리스 등 7개국을 거의 1년 내내 여행하며 취재 활동을 했기 때문이었다. 비록 나라는 7개국밖에 되지 않는다 하더라도 중국 대륙을 2개월 동안, 일본 역시 2개월 이상 취재함으로써 여행 거리는 30만 킬로미터를 넘어서고 있었던 것이었다. 소설을 쓰면서 나는 이 소설을 영상을 통해 방영하고 싶다는 욕망을 지울 수가 없었다.

왜냐하면 어차피 소설은 활자매체여서 소설 장보고를 쓰기 위해 답사할 때 느꼈던 현장의 감동을 생생하게 독자들에게 전해줄 수 없었던 것이었다. 현장만이 지니고 있는 현장성은 오직 영상에 의해서만 리얼리스틱하게 보여줄 수 있었기 때문이었다. 그래서 선택한 것이 영상매체인 텔레비전이었던 것이었다.

30만 킬로미터가 넘는 대장정의 여행을 하면서 느꼈던 감동은 작가로서 하나둘이 아니었지만 극히 부분적인 에피소드라도 독자들에게 전하고 싶어 이례적으로 '작가 후기'를 첨가하기로 하였다.


1

오만은 지도 위에서만 볼 수 있었던 국가였다. 아라비아 반도의 남동부에 위치하는 이슬람 군주국으로 여간해서는 찾아갈 수 없는 생소한 국가였던 것이다. 특히 오만은 〈신밧드의 모험〉으로 유명한 나라인데, 다들 알다시피 신밧드는 일곱 번이나 인도양에 나가 갖가지 모험을 통해 최고의 부자가 된다는 《아라비안 나이트》의 주인공이다.

이를 통해 알 수 있듯이 오만은 아라비아 반도에 있는 사막 국가이긴 하지만 전 국토가 아라비아해와 맞닿아 있고, 특히 해안에는 16킬로미터의 너비로 평야가 이루어져 있어서 다른 나라와는 달리 바다를 통해 장사를 하고 신밧드처럼 인도양으로 나아가 전 세계를 상대로 무역을 벌였던 해양 국가였던 것이다.

따라서 우리가 흔히 아라비아 상인이라고 말하는 사람들은 대부분 오만 사람이다.

이처럼 오만인의 대부분인 아라비아 상인들은 7, 8세기에 인도를 거쳐 중국과 국제 무역을 성행시켰는데, 특히 이들은 그 당시 무역 도시였던 양주에 이슬람 사원을 짓고 집단 부락을 이루며 살고 있었던 것이다.

뿐만 아니라 아랍인들은 신라와도 많은 교역을 하고 있었는데, 특히 인삼과 비단, 황금 같은 신라의 특산물이 아랍인들이 즐겨 수입하던 물품이었다. 우리나라에도 아랍의 특산물이 많이 수입되었는데, 그 대표적인 물건은 유향이라고 불리는 향료와 대모(玳瑁)라고 불리는 바다거북의 등껍질이었다. 특히 대모는 통일신라의 귀족들이 즐겨 쓰던 사치

품으로 여인들은 이 바다거북의 등껍질로 빗을 만들었고, 남자들은 수레의 장식품으로까지 사용했다.

따라서 통일신라의 흥덕왕은 834년 이와 같은 외래품의 사용을 엄금하는 규정을 반포하였는데, 《삼국사기》에 나와 있는 그 내용은 다음과 같다.

사람은 상하(上下)가 있고, 주인은 존비(尊卑)가 있어 명칭과 법칙이 같지 않고 의복도 다르다. 그런데 풍속이 점점 각박하고 백성들이 다투어 사치와 호화를 일삼고, 외래품의 진귀한 것들만을 숭상하고, 도리어 국산품을 야비한 것이라 싫어하니, 예절이 참람하려는 데 빠지고 풍속이 파괴되는 데까지 이르렀다…….

이미 1천 2백 년 전에 흥덕왕이 교시할 정도로 신라인들은 이처럼

'외래품의 진귀한 것만을 숭상' 하고 있었는데, 그 대표적인 것이 귀족들이 수레에 사용하던 거북의 등껍질 장식이었던 것이다.

그 당시에 벌써 아라비아 상인들의 거북 등껍질이 인기였을 만큼 오만은 오늘날에도 멸종되어가는 푸른 바다거북의 산란지로 전 세계에서 유례를 찾아볼 수 없는 장소이다. 우리가 오만을 찾아간 것도 유향을 채취하는 장면과 바다거북의 모습을 촬영하기 위함이었는데, 다행스럽게도 공보국의 관리인 압둘라의 안내로 바다거북의 모습을 촬영할 수 있었다. 원래 바다거북은 그 고기와 알의 맛이 일품이어서 사람들이 함부로 잡아 지금은 거의 멸종에 이르렀으므로 오만 정부에서는 바다거북의 산란지를 통제구역으로 선포하고, 촬영은 물론 출입조차 할 수 없게 막았는데, 다행스럽게도 우리는 그곳에 들어갈 수 있는 정식 허가를 얻은 것이었다.

지금껏 여러 나라를 여행하며 빼어난 풍경을 보아온 나에게도 그날

오만의 바닷가에서 직접 목격한
바다거북의 산란 장면.

밤 12시가 가까운 늦은 시간에 신밧드가 항해를 떠나던 소하르 항구에서 캄캄한 사막을 한 시간이나 달려 도착한 바닷가에서 본, 바다거북이 알을 낳는 장엄한 모습은 정말 잊을 수 없는 장면 중의 하나였다.

안내원의 안내로 바닷가에 도착하여 자동차의 헤드라이트를 꺼버리자 사방은 곧 어둠에 휩싸였다.

마침 달빛도 전혀 없는 그믐밤이었다. 작은 불빛이라도 있으면 알을 낳느라 신경이 예민해진 바다거북이 그대로 방향을 바꿔 바닷속으로 되돌아간다 하여서 우리는 담배조차 피우지 못하고 있었는데, 그때 나를 놀라게 한 것은 밤하늘에 가득한 별들.

아아, 나는 그토록 많은 별이 밤하늘에 걸려 있는 모습을 본 적이 없다.

어쩌다 백과사전에서 보는 별자리 도표를 그대로 하늘 위에 옮겨놓은 것 같은 별, 별, 별, 별들. 그 별들이 합심하여 이루어낸 별빛들로 곧 밤의 파도와 바닷가로 뻗어져 나간 암벽들의 모습이 선명하게 구분되었는데, 신발을 벗고 모래사장을 걸어가는 우리의 맨발 아래서는 모래 속에 들어 있는 인(燐)이 걸어가는 발길의 충격에 의해서 형광색으로 빛나면서 부서지고 있었다.

불빛뿐만 아니라 인간의 말소리에도 거북은 거부반응을 일으킨다 하여서 침묵으로 걷던 우리 앞에서 안내원이 한 곳을 손끝으로 가리켰는데, 그곳에는 바위 덩어리와 같은 어두운 물체가 모래사장 위에 누워 있었다.

숨죽여 바라보았는데 그 물체는 천천히 바다를 향해 움직이고 있었다. 안내원의 설명인즉 이미 산란을 끝내고 바다로 돌아가는 거북이라는 것이었다. 그리고 보니 거북이 올라왔다가 돌아간 발자국들이 두 개의 선으로 선명하게 남아 있었고, 어둠이 눈에 익자 곳곳에 거북의 발자국들이 보이기 시작하였다. 안내원을 설득하여 한 개의 조명만을 밝히고 거북의 모습을 촬영하기 시작했는데, 특히 이제 막 알을 낳기 시작하는 거북이의 모습을 촬영할 수 있었던 것은 기적과도 같은 행운이었다.

거북은 모래를 헤치고 1백 개 정도의 알을 낳을 수 있는 구덩이를 만들고 그곳에 집중적으로 알을 낳는데, 안내원은 알을 낳기 위해서 진통을 시작한 거북이 편하게 알을 낳을 수 있도록 뒷다리를 조심스럽게 펼쳐주었다.

그러자 마침내 거북은 흰 알을 한 개, 두 개 연거푸 낳기 시작하였다.

나는 엉겁결에 거북의 등을 잡고 산통을 하는 거북을 도와주기 위해서 함께 힘을 주느라 이를 악물었는데, 그 순간 눈에 들어온 것은 거북의 눈물이었다. 알을 낳는 고통을 이기느라 거북은 눈물을 흘리고 있었던 것이다. 거북의 눈물을 본 순간 내 눈에도 함께 눈물이 흐르기 시작했다.

알에서 깨어난 거북의 새끼는 바다로 나아가 30년 가까이 자라다가 보통 1백 50킬로그램, 큰 것은 3백 킬로그램 가까이 될 정도로 성장해 마침내는 자신이 태어난 고향의 바닷가를 찾아 이렇게 알을 낳고 다시 바다로 나아가는 것이다.

도대체 바다의 무엇이 그들을 30년 만에 돌아오게 하는 것일까. 이 고향의 무엇이 그들을 30년 만에 돌아와 이곳에서 알을 낳게 하는 것일까.

하늘과 땅이 갈라진 이후부터 저 밤하늘의 별과 달이 생겨난 이후부터 저 바다가 생겨나고, 물과 뭍이 갈라진 이후부터 거북은 끊임없이 이곳에서 알을 낳고, 부화한 새끼 거북은 다시 바다로 나아가 바다에서 30여 년의 세월을 보낸 후 이곳에 돌아와 알을 낳는다.

바로 며칠 전 나는 알래스카의 인디언 리버에서도 수만 마리의 연어들이 알을 낳는 것을 직접 눈으로 보지 않았던가. 물길을 가득 메운 암컷 연어들 위로 수놈들은 정자를 뿌린다. 그리고 알을 낳은 암컷은 그 자리에서 죽어버리고 만다. 생과 사가 교차되는 숨막히는 거룩한 현장이었던 것이다.

도대체 무엇이 이들을 그렇게 하도록 이끄는가. 도대체 무엇이 저 바다를 춤추게 하는가. 도대체 누가 별들을 반짝이게 하고, 도대체 누가 저 생명들을 살아 있게 하는가.

알을 낳는 바다거북의 장엄한 모습을 보며 돌아오는 내 가슴에 떠오른 생각 하나는 바로 그것이었다. 나는 누구이며 어디서 왔는가. 거북이 30여 년 바다를 떠돌다가 정확히 자기가 태어난 고향을 찾아오듯이 또한 연어들도 자신이 태어난 강가로 돌아오듯이 우리의 인생, 그 바다와 같은 인생의 마지막은 어디인가. 그리고 나는 마침내 어디로 돌아가는가.

2

이집트의 수도 카이로에서 느꼈던 감동
역시 나는 잊을 수가 없다. 특히 이집트의
수도 카이로에서 발견된 놀라운 자료는 장

이집트 카이로 국립도서관에서 신라에 대해 기록한
중요한 자료를 발견.

보고를 중심으로 한 그 무렵의 신라 상인들이 얼마나 진취적이며, 광범

위한 해양 활동을 했던가를 단적으로 나타내고 있다.

카이로의 국립박물관에서 우리는 1천 1백 54년에 만들어진 세계지

도를 볼 수 있었다. 중세 지리학의 거장이라고 알려져 있는 알 이드리

쉬가 그린 '세계 지도 및 세분도'에는 놀랍게도 신라의 나라 이름이 명

기되어 있었다. 그뿐인가! 신라로 가는 항해로를 상세히 그리고 있으

며, 신라의 특징을 다음과 같이 묘사하고 있다.

중국의 동쪽에 있는 신라라는 나라는 매우 풍요하고 살기 좋은 나라

작가 후기 211

이다. 특히 황금이 많이 산출되고 있어 심지어 개도 금목걸이를 하고 다니는 곳이다.

이보다 더 놀라웠던 것은 846년 저술한 이븐 그루다시아의 《제도로 및 제국지》란 책의 내용이다. 이 책에는 신라에 대해 더 엄청난 사실을 기록하고 있었다. 바로 장보고가 살았던 무렵이었는데, 그는 이 무렵의 신라에 대해서 다음과 같이 표현했다.

중국 동쪽에는 신라라는 나라가 있는데, 이슬람에서는 신라로부터 비단, 검, 도포, 도기, 인삼, 돛, 약재 등 11종의 무역품을 수입하고 있다. 황금이 많이 산출되고 있어 살기에 매우 좋은 나라인 것이다.

그 다음에 이어지는 이븐 그루다시아의 말은 우리에게 더 큰 충격을

준다.

따라서 많은 아라비아 상인은 신라에 정착해 살고 있다.

많은 아라비아 상인이 신라에 정착해 살고 있다는 이 기록은 엄청난 역사적 의미를 갖는다. 이 역사적 가치를 입증하는 재미있는 설화가 우리나라 역사서에도 기록되어 있는데, 《삼국유사》에서 신라 제49대 임금인 헌강왕 무렵의 기록을 보면 다음과 같은 향가가 등장한다.

동경(지금의 경주) 밝은 달에
밤늦도록 놀며 다니다가
돌아와 자리를 보니
가랑이가 넷이로구나.

둘은 내 것이었고

둘은 누구의 것인가.

본디 내 것이지만은

빼앗은 것을 어찌 하리오.


　이 노랫가사는 밝은 달밤에 집으로 돌아와 보니 자기 아내가 다른 남자와 자고 있는 것을 보고도 춤을 추고 물러갔다는 처용랑(處容郞)의 노래에서 비롯된 설화이다.

　이 설화의 유래는 다음과 같다.

　어느 날 헌강왕이 바닷가에 출유(出遊)하였는데, 구름과 안개가 끼어 앞이 보이지 않았다. 이상하게 여긴 왕이 신하에게 물으니 동해 용의 조화이므로 좋은 일을 할 것을 아뢰었다. 이 말을 들은 왕이 이 근처에 절을 세우라 하니, 곧 구름과 안개가 개었다. 그래서 왕은 이곳을

'개운포(開雲浦)'라 이름 지었다. 한편 동해 용은 매우 기뻐하며 아들 일곱 명을 데리고 왕 앞에 나타나서 인사를 한 후 그중 한 아들을 두고 바닷속으로 사라졌는데, 그가 바로 처용이다. 왕은 처용으로 하여금 미녀를 아내로 삼아 같이 살게 했다. 그런데 그 아내가 무척 아름다워 역신(疫神)이 탐을 내었는데, 마침내 역신은 사람으로 변신해 처용이 없는 사이 몰래 동침을 한 것이다. 밖에서 돌아온 처용은 이를 보고도 화를 내기는커녕 오히려 노래를 부르고 춤을 추었다. 처용이 자신의 잘못을 탓하지 않는 것에 탐복한 역신은 그에 감격해 앞으로는 처용의 형상을 그린 그림만 보아도 그 집에 들어가지 않겠다고 약속했다. 이때 처용이 처음 부른 노래를 〈처용가〉라고 이름 지었던 것이다. 그러나 설화의 내용이야 어찌 되었든 처용의 아내가 남편 몰래 낯선 남자와 간통했던 것은 틀림없는 사실.

학자들은 이 처용을 아라비아에서 온 상인으로 보고 있는데, 이 견해는 아마도 정확한 추정일 것이다. 왜냐하면 처용이 구름과 안개가 낀 앞이 보이지 않는 바다에서 온 용의 아들로 묘사되어 있기 때문이다. 처용이 동해 용의 아들로 묘사된 것은, 어느 날 바다에서 처음 본 이상하게 생긴 이방인이 나타났기 때문일 것이다.

따라서 아라비아 상인이었던 처용에게 왕이 미녀를 주어 아내로 삼아 살게 했던 것은 당연한 일이었다. 그 아내가 아라비아인인 남편 몰래 간통을 저질렀지만 이를 보고도 용서한 내용이 〈처용가〉로 승화되어 간사한 귀신을 물리치는 벽사(辟邪)로 계속 남아 전해지는 것이다.

《삼국사기》에도 최치원이 직접 쓴 다섯 수의 향가가 전해지는데, 그 향가의 내용은 모두 서역에서 온 사람들의 춤과 가면극을 생생하게 묘사하고 있다. 그러니 '많은 아라비아 상인들이 신라에 정착하여 살고 있다'는 이븐 그루다시아의 기록은 정확하게 맞아떨어진다.

우리는 지금껏 우리 민족을 폐쇄적이며 쇄국적이고, 아시아의 동쪽에 위치한 작은 소국이라고 막연히 생각해왔다. 역사에 관심이 많은 나 역시 우리나라가 국제적으로 교역을 맺은 나라는 중국과 일본으로 한 정되었다는 소국주의적 역사관에서 지금까지 벗어나지 못하고 있었다.

그러나 1천 2백 년 전에 벌써 신라인들의 물품이 이집트를 비롯한 페르시아 전역에까지 수출되고, 황금의 나라 신라에 대한 기록이 이집트의 국립박물관에서 발견되고 있다는 사실을 우리는 어떻게 받아들여야 할 것인가. 우리 민족은 그동안 '소아병적 역사관'을 가지고 스스로를 난 쟁이화시키고 있었던 것은 아닐까.

21세기는 바야흐로 코스모폴리탄의 시대. 미래로 나아갈 길에서는 오직 국경을 초월한 국제적 안목을 키우는 일이 가장 중요한 숙제일 것이다. 내가 1년 동안 장보고를 주인공으로 한 신라인들의 국제 활동을 취재한 후 느낀 소감은 바로 그것이다.

나는 21세기를 사는 우리의 사랑하는 젊은이들이 키케로의 말처럼 바다로 나아가기를 바란다. 바다로 나아가 바다 건너의 무한한 세계로 나아가기를 원한다. 또한 나는 21세기를 사는 우리의 사랑스런 젊은이들이 역사 속의 영웅인 장보고처럼 바다 밖으로 진출해 국제인으로 성장하기를 바라며, 이집트의 역사학자들이 일찍이 노래하였듯 찬란한 황금의 풍요한 나라를 이루어주기를 간절히 소망하고 있다.


3

30만 킬로미터의 대장정에서 잊혀지지 않는 장면이 몇 개 있지만 그중에서 아라비아 반도의 해양국과 오만에서 보았던 유향(乳香) 채취 모습을 직접 본 것 또한 강렬한 인상으로 남아 있다.

원래 유향은 아프리카의 소말리아 지방이 원산지이지만 이 유향을 가장 많이 사용한 사람들은 이스라엘 민족들이었다. 유향을 영어로는 프랑크인센스(frankincense)라고 하는데, 이는 원래 이스라엘 민족이 제사 때 쓰던 향료라는 뜻이다.

《성경》에도 이스라엘 민족들이 이 유향을 얼마나 소중하게 여겼는가 하는 장면이 나오는데, 바로 아기예수가 태어났을 때 동방에서 온 박사들이 유향을 예물로 드렸다는 내용이 나오고 있는 것을 보더라도 잘 알 수 있는 것이다.

이때의 장면은 성경에 다음과 같이 기록하고 있다.

……그때 동방에서 본 그 별이 그들을 앞서가다가 마침내 아기가 있는 곳 위에 이르러 멈추었다. 이를 보고 그들은(동방박사) 대단히 기뻐하면서 그 집에 들어가 어머니 마리아와 함께 있는 아기를 보고 엎드려 경배하였다. 그리고 그들은 보물상자를 열어 황금과 유향과 몰약을 예물로 드렸다.

동방박사들이 보물상자 속에서 유향을 꺼내 경배드렸다고 표현하고 있듯이 유향은 이스라엘 민족에게는 거룩한 제사를 드릴 때 사용하는 제물로 온갖 부정한 기운을 정제하는 신성한 향료였던 것이다.

그런데 이 유향이 1천 2백 년 전에 우리나라에서도 사용되었다는 증거가 나온 것이었다.

통일신라 때 만들어진 불국사의 석가탑이 도굴범들에 의한 훼손사건이 발생되어 손상되자 1966년 10월에 탑신을 해체하고 수리하였던 것이다. 이때 해체된 석가탑 내부에서 동경과 옥 그리고 은제 사리함과 《다라니경》과 같은 국보급 유물들이 쏟아졌는데, 놀랍게도 이 속에서 약간의 유향이 출토된 것이었다.

원래 탑을 쌓을 때는 그 탑신 속에 그 무렵 가장 소중하게 여기는 상징적인 물건들을 놓고 쌓는 것이 상례인데, 석가탑 안에서 유향이 나왔다는 것은 제사를 지낼 때 이스라엘 민족들이 유향을 신성한 제물로 사용했던 것처럼 그 무렵 우리나라 불교에서도 유향을 신성한 향료로 사용했음을 분명히 보여주고 있는 것이다.

그보다도 석가탑에서 유향이 나왔다는 것은 또 다른 의문점을 우리에게 보이고 있다.

유향의 원산지는 원래 아프리카의 소말리아이지만 《성경》에 나오는 동방박사들이 아라비아 지방에 살고 있던 현자인 것을 보면 주로 오늘날의 중동지방에서 나오고 있는 특산물인 것이다.

그렇다면 1천 2, 3백 년 전인 통일신라 때에 아라비아의 특산물인 유향이 어떻게 우리나라에 전래되어 귀중품으로 여겨지고 있었던 것일까.

그렇다면 그 무렵의 누군가가 아라비아 상인들로부터 이 유향을 수입했다는 것이 틀림없는 역사적 사실이 아니겠는가. 이 무렵 아라비아 상인들로부터 유향을 수입한 사람. 그뿐인가, 그들로부터 단순히 특산품을 수입만 하였던 것인가. 신라의 특산품. 비단과 도자기, 인삼 등을 아라비아로 수출한 사람은 분명히 실재하고 있었을 것이다.

장보고.

이들 신라 상인들을 지휘하고 오고 가는 뱃길을 장악한 사람이야말로 장보고였던 것이다.

따라서 내가 오만으로 여행을 떠난 것은 특집 프로그램의 주인공인 장보고의 해상활동을 취재하기 위함이었던 것이었다.

떠난 것은 9월이었지만 오만은 섭씨 50도의 열사의 나라. 유향이 채취되고 있는 곳은 샬라라라고 불리는 비교적 오아시스가 발달하고 푸른 초목이 있는 휴양지였지만 어쨌든 사막이었다.

특히 낙타들의 집산지인 그곳에는 낙타들이 유유히 사막을 걸어다니며, 물기라고는 전혀 없는 건조한 가시나무의 나뭇가지들을 뜯어먹고 있었는데, 그 한가운데 유향나무가 있었다.

건조한 사막이었으므로 수백 년 된 나무라야 키가 2, 3미터도 되지 않는 왜소한 유향나무들은 드문드문 군상하고 있었다. 요즘에는 점점 멸종되어가고 있으므로 정부에서도 이를 보호식물로 지정하고, 소중하게 관리하고 있었다. 대부분 유향나무들은 개인의 소유로 그들은 유향의 채취를 통해 생계를 유지해가고 있었다.

내가 유향나무 숲을 찾았을 때는 현지인 노인 한 사람이 낫과 물병을 들고 기다리고 있었다.

아내가 셋이라는 이 노인은 내게 유향을 채취하는 모습을 보여주었다. 낫으로 유향나무의 말라비틀어진 가지를 이리저리 벗겨내어 상처를 내자 나무로부터 흰 진액이 흘러나오기 시작하였다. 수지(樹脂)라고 불리는 즙액이었다. 수지는 나무의 피로 사람들이 피부가 상처를 입으면 그 속에서 피가 흘러나오는 것과 같은 이치인 것이다. 흘러나온 피가 굳어지듯 진액은 흘러나와 곧 굳어져버린다. 그러면 채취자는

사막에서 유향을 채취하는 모습.

며칠 뒤 그것을 긁어오는데 그것이 바로 유향인 것이다. 비교적 단순한 작업이었지만 앙상하게 말라비틀어진 나무에 일부러 상처를 내어 나무의 피를 채취한다는 사실에 처음에는 마음이 아팠었다. 그러나 노인이 내게 채취한 유향에 불을 붙이고 그 연기를 내 얼굴 가까이 손으로 부채질을 하여 연기를 보내자 곧 향기로운 냄새가 얼굴 가득히 번져오는 것을 느꼈다.

한 번도 맡아보지 못했던 독특한 냄새였다.

처음에는 약간 비릿하고 약간 역하기도 했지만 얼마 안 가서 나는 그 냄새가 너무나 좋아졌다.

그후 나는 오만 전체에서 이 냄새가 풍기고 있음을 곧 알게 되었다. 오만뿐일까. 이집트에서도, 아라비아 반도 전역에서도 이 냄새가 풍겨오고 있었던 것이었다. 호텔에서도 로비마다 바로 위에 이 유향을 피우고 있었고, 집집마다 상점마다 이 유향을 태우고 있었다.

 그 냄새를 맡을 때마다 나는 바람난 왕비로 인해 상처받은 왕이 매일 밤 여인을 죽이자 총명한 여인 세헤라자데는 1천 일 동안이나 재미있는 이야기를 들려줌으로서 마침내 살아난다는 《아라비안 나이트》의 이야기를 떠올릴 수 있었다. 두 눈만 내어놓은 채 온몸을 검은 옷으로 가리고 있는 아라비아 여인들. 그러나 그 눈빛들은 참으로 매력적이었다. 벌거벗는다는 것만이 관능적인 것은 아닌 것이다. 가리고 가려 어쩔 수 없이 두 눈만 내어놓는다는 것이 그토록 매력적이고 관능적임을 나는 오만에서 느낄 수 있었던 것이다.

 시장마다 대부분의 여인들이 유향을 팔고 있었다. 이들의 검은 옷 사이에서 나는 우연히 여인의 맨발 하나가 살짝 밖으로 나온 것을 보았는데, 그 발등에는 아름다운 문신이 새겨져 있었다. 나를 안내했던 오만 대사관의 박 서기관은 재미있는 얘기를 들려주었다.

"아라비아의 여인들이 저렇게 온몸을 가리고 있다고 해서 폐쇄적이라고 생각해서는 안 됩니다. 아라비아 여인들처럼 적극적으로 섹스를 즐기는 여인들이 없다고 합니다. 이 여인들은 대부분 자기들의 집에서는 실오라기 하나 걸치지 않는다고 합니다."

그 말을 들은 후부터 나는 검은 옷으로 온몸을 가린 여인들의 육체 그 내부에 숨겨져 있는 관능을 떠올리곤 하였다. 그것은 불순한 망상이 아니라 신이 인간에게 준 매혹적인 성의 향연과 같은 환상이었다.

유향에는 그런 채취가 분명히 있었다. 나는 지금도 몇 조각의 유향을 소중히 간직하고 있다. 내게 유향나무의 껍질을 벗겨 그 생생한 현장을 보여준 노인이 선물로 준 유향이다.

지난 연말 나는 그 유향을 혼자서 성냥불에 태워보았다. 나무의 수액이라 불길은 금세 타오르고 양이 작아 오랫동안 타지는 않았지만 그 냄새를 맡은 순간 나는 그 이글거리던 오만의 사막을 떠올렸다.

아아, 사막을 불모의 땅이라고 생각해서는 안 된다. 사람은 누구나 사막보다는 풍요한 오아시스를 꿈꾼다. 그러나 사막은 죽어 있는 것이 아니라 오히려 생명력을 가지고 살아 있는 것이다. 이러한 향기는 마음껏 수분을 빨아들이고 자양분이 넘쳐 아름다운 꽃을 피워 올리는 나무에서는 절대로 날 수 없는 향기인 것이다.

사막의 고통과 죽음과 같은 인내 속에서 참고 견디며, 1년에 단 며칠 동안만 내리는 물을 빨아들여 그 물을 소중히 간직하는 겸손함만이 뿜어낼 수 있는 향기인 것이다.

1천 년이 넘는 아득한 통일신라의 그 옛날 우리의 조상들도 사막의 향기를 소중히 여겨 수승(殊勝)한 석가탑 내부에 봉안하였던 것이니, 아아 허락된다면 나는 남은 인생을 유향과 같은 냄새를 풍기는 향기로운 사람이 되고 싶다.

작은 물기에도 감사하고 작은 자양분에도 기뻐하며, 이글거리는 태양에도 분노하지 않고, 건조하고 메마른 사막에도 순응하며 끊임없이 내리찍는 상처에도 이를 겸손으로 받아들이며, 오히려 자신의 즙액을 내뿜어 향료를 만들어내는, 그래서 가톨릭에는 다음과 같은 말이 있지 않은가.

의인(義人)은 향나무처럼 자신을 찍는 도끼에게 향냄새를 풍긴다.

감히 바라건대 나는 유향나무와 같은 사람이 되고 싶다.
장보고의 발자취를 좇아서 30만 킬로미터의 대장정을 끝낸 지금 느끼는 단 하나의 소감은 그것이다.

# 작가 연보

**1945년**  10월 17일 서울에서 변호사였던 아버지 최태원(崔兌源)과 어머니 손복녀(孫福女)의 3남3녀 중 차남으로 출생.

**1951년**  1월 6 · 25 전쟁으로 인해 부산으로 피난.

**1952년**  3월 초등학교 입학. 2학기 때 2학년으로 월반.

**1953년**  서울로 돌아와 영희초등학교에 전학.

**1954년**  덕수초등학교에 전학.

**1955년**  아버지 별세.

**1958년**  서울중학교 입학.

**1961년**  서울고등학교 입학.

**1963년**  고등학교 2학년 때 단편 〈벽구멍으로〉가 한국일보 신춘문예에 입선.

**1964년**  연세대학교 문리대 영문과 입학.

**1966년**  11월 공군 사병으로 군 입대.

**1967년**  단편 〈견습환자〉가 조선일보 신춘문예에 당선. 11월 단편 〈2와 1/2〉로 사상계 신인문학상 수상.

**1969년**  단편 〈순례자(현대문학)〉 발표.

**1970년**  단편 〈술꾼(현대문학)〉, 〈모범동화(월간문학)〉, 〈사행(현대문학)〉 발표. 공군을 제대하고 11월 황정숙과 결혼.

**1971년**  단편 〈예행연습(월간문학)〉, 〈뭘 잃으신 게 없으십니까(신동아)〉, 〈타인의 방(문학과지성)〉, 〈침묵의 소리(월간중앙)〉, 〈미개인(문학과지성)〉, 〈처세술 개론(현대문학)〉

발표.

**1972년** 단편 〈황진이 · 1(현대문학)〉, 〈전람회의 그림 · 1(월간문학)〉 발표. 장편 《별들의 고향》 조선일보에 연재. 〈타인의 방〉, 〈처세술 개론〉으로 현대문학상 신인상 수상. 연세대 영문과 졸업. 딸 다혜 출생. 단편 〈전람회의 그림 · 2(문학과지성)〉, 〈영가(세대)〉, 〈황진이 · 2(문학사상)〉, 〈병정놀이(신동아)〉 발표. 중편 〈잠자는 신화(문학사상)〉, 〈무서운 복수(세대)〉 발표. 장편 《내 마음의 풍차》 중앙일보에 연재, 〈바보들의 행진〉 일간스포츠에 연재. 장편 《별들의 고향(상 · 하)》 및 《타인의 방》 간행.

**1974년** 단편 〈기묘한 직업(문학사상)〉, 〈더러운 손(서울평론)〉 발표. 희곡 〈가위 바위 보〉 극단 산울림에서 공연. 작품집 《바보들의 행진》, 《맨발의 세계일주》, 《영가》 간행. 세계 13개국 순방. 아들 성재(도단) 출생.

**1975년** 단편 〈죽은 사람들(문학과 지성)〉 발표. 《샘터》에 〈가족〉 연재 시작. 작품집 《구르는 돌》, 《우리들의 시대(1 · 2)》, 《내 마음의 풍차》 간행. 영화 〈걷지 말고 뛰어라〉 감독.

**1976년** 단편 〈즐거운 우리들의 천국(한국문학)〉 발표. 《도시의 사냥꾼》 중앙일보에 연재.

**1977년** 단편 〈개미의 탑(문학사상)〉, 중편 〈두레박을 올려라(문학사상)〉, 희곡 〈향기로운 잠(문학사상)〉, 〈다시 만날 때까지(문학과지성)〉, 〈하늘의 뿌리(문예중앙)〉 발표. 장편 《파란 꽃》 서울신문에 연재. 작품집 《도시의 사냥꾼(1 · 2)》, 《개미의 탑》, 《청춘은 왕》 간행.

**1978년**  중편 〈돌의 초상(문예중앙)〉 발표. 장편 《천국의 계단》을 국제신보에, 〈지구인〉을 《문학사상》에, 〈사랑의 조건〉을 《주부생활》에 각각 연재. 작품집 《돌의 초상》, 《작은 사랑의 이야기》 및 산문집 《누가 천재를 죽였나》 간행.

**1979년**  단편 〈진혼곡(문예중앙)〉 발표. 장편 《불새》 조선일보에 연재. 작품집 《사랑의 조건》, 《천국의 계단(1·2)》 간행. 미국 6개월 간 여행.

**1980년**  장편 《지구인(1·2)》, 《불새》 간행.

**1981년**  단편 〈아버지의 죽음(세계의 문학)〉, 〈이상한 사람들(1·2·3 ; 문학사상)〉, 〈방생(소설문학)〉 발표. 장편 《적도의 꽃》 중앙일보에 연재. 작품집 《안녕하세요 하나님》 간행.

**1982년**  장편 《고래사냥》을 《엘레강스》에, 〈물 위의 사막〉을 《여성중앙》에 연재. 단편 〈위대한 유산(소설문학)〉, 〈천상의 계곡(소설문학)〉, 〈깊고 푸른 밤(문예중앙)〉 발표. 〈깊고 푸른 밤〉으로 제6회 이상문학상 수상. 작품집 《적도의 꽃》, 《위대한 유산》 간행.

**1983년**  작품집 《물 위의 사막》, 《가면무도회》 간행. 장편 〈밤의 침묵〉 부산일보에 연재.

**1984년**  《겨울 나그네》 동아일보 연재. 소설로 쓴 자서전 《가족 1》 간행.

**1985년**  《잃어버린 왕국》 조선일보에 연재. 작품집 《밤의 침묵》 간행.

**1986년**  장편 《잃어버린 왕국》, 수필집 《모르는 사람에게 보내는 편지》 간행. 영화 〈깊고 푸른 밤〉으로 아시아영화제 각본상과 대종상 각본상 수상.

**1987년**  작품집 《저 혼자 깊어가는 강》, 소설로 쓴 자서전 《가족 2》 간행. 가톨릭에 귀의 (세례명 베드로). 어머니 별세. 〈잃어버린 왕국〉 KBS 다큐멘터리 촬영차 장기간

일본에 체류.

**1988년** 〈잃어버린 왕국〉 다큐멘터리 5부작 KBS 방영. 〈어머니가 가르쳐준 노래(생활성서)〉 연재 시작.

**1989년** 수필집 《잠들기 전에 가야 할 먼 길》 간행. 《길 없는 길》 중앙일보에 연재.

**1990년** 장편 《구멍》 《현대문학》에 연재.

**1991년** 《왕도의 비밀》 조선일보에 연재 시작. 수필집 《사람들 사이에 섬이 있다》 간행.

**1992년** 동화집 《발명왕 도단이》 간행. 중편 〈산문(민족과문학)〉 발표. 《샘터》에 연재중인 〈가족〉을 200회 기념으로, 가족 1 《신혼 일기》, 가족 2 《견습 부부》, 가족 3 《보통 가족》, 가족 4 《이웃》 간행. 영화 〈천국의 계단〉 시나리오 집필. 시나리오 선집 3권 발간.

**1993년** 장편 《길 없는 길(전4권)》 간행. 가톨릭 〈서울주보〉에 칼럼 연재 시작. 〈일본 속 한민족 탐방〉으로 일본 여행.

**1994년** 교통사고로 16주 간 치료. 장편 《허수아비》 간행. 동남아, 유럽, 백두산 여행. 중국 1개월 간 답사 여행. 장편 《별들의 고향》 재간행.

**1995년** 장편 《왕도의 비밀(전3권)》, 성서묵상집 《너는 나를 누구라고 생각하느냐》와 《너는 나를 사랑하느냐》 간행. 광복 50주년 기념 SBS 다큐멘터리 6부작 〈왕도의 비밀〉 촬영. 중국 6개월 간 여행. 한국일보에 〈사랑의 기쁨〉 연재 시작. 동아일보에 칼럼 집필.

**1996년** 수필집 《사랑아 나는 통곡한다》 간행. 다큐멘터리 6부작 〈왕도의 비밀〉 SBS 방영.

**1997년**  장편 《사랑의 기쁨(상 · 하)》 간행. 《상도》 한국일보에 연재. 희곡 〈어머니가 가르쳐
준 노래〉 상연. 《겨울 나그네》 뮤지컬 공연. 가톨릭대 국문학과 겸임교수. 장녀 다
혜, 성민석 군과 결혼.

**1998년**  장편 《사랑의 기쁨》과 작품집 《지상에서 가장 큰 방》으로 제1회 가톨릭문학상
수상.

**1999년**  장편 《내 마음의 풍차》 재간행. 가톨릭신문에 〈영혼의 새벽〉 연재 시작. 산문집
《나는 아직도 스님이 되고 싶다》 간행. 작은 누님 명욱 교통사고로 별세. 작가 박
완서 씨와 15일 간 미국 콜럼비아 대학을 비롯하여 여러 대학에서 강연.

**2000년**  묵상집 《날카로운 첫키스의 추억》 간행. 한국일보 연재소설 《상도》 완성. 월간잡
지 《들숨날숨》에 《이상한 사람들》 연재. 《샘터》에 연재 중인 〈가족〉 300회 자축
연. 시나리오 〈몽유도원도〉 집필. 큰누님 경욱 별세. 작가 오정희 씨와 15일 간
미국의 UCLA 대학을 비롯하여 여러 대학에서 강연. 손녀딸 성정원 탄생으로 할
아버지 되다.

**2001년**  중앙일보에 장보고를 주인공으로 하는 《해신》 연재 시작. 문학동네에서 여섯 번
째 창작집 《달콤한 인생》 출간.

**2002년**  단편 〈유령의 집〉 문학사상사 발표. KBS와 〈해신 장보고〉 다큐멘터리 작업으로
7개국을 4개월 간 취재. 문학동네에서 최인호 중단편전집 전 5권 출간. 문학과지
성사에서 장편소설 《영혼의 새벽》 출간. 《상도》 300만 부 돌파. 일본의 도쿠마(德
間) 출판사에서 《상도》 출간. 열림원에서 《몽유도원도》 출간. 윤호진의 연출로 예

술의 전당에서 〈몽유도원도〉 뮤지컬 공연.

**2003년**   KBS 신년 특집 프로그램으로 〈해신 장보고〉 5부작 방영.